艾梅洛閣下II世事件簿

2

「case.雙貌塔伊澤盧瑪（上）」

三田誠
插畫／坂本みねぢ

Kadokawa Fantastic Novels

萊涅絲・艾梅洛・亞奇索特
格蕾
艾梅洛閣下II世

米克・葛拉吉利耶
拜隆・巴爾耶雷塔・伊澤盧瑪
依諾萊・巴爾耶雷塔・亞特洛霍姆
Characters
Lord El-Mello II Case Files

女子有一頭色澤黯淡的紅髮。
雖然是東方人少見的顏色，我覺得大概不是染的。
因為儘管與自己的眼睛不同，但那是貼近這名女子本

艾梅洛閣下II世事件簿

2

「case.雙貌塔伊澤盧瑪（上）」

Kadokawa
Fantastic
Novels

Lord El-Melloi
II
Case Files

艾梅洛閣下II世事件簿

2「case.雙貌塔伊澤盧瑪（上）」

目錄 Contents

✦序章✦

——坦白說，我的性格很惡劣。

別人受苦時我會忍不住揚起嘴角，如果那是個正經的人更是如此。看著原本應該走在耀眼道路上的人為了無聊的事抑鬱消沉，漸漸走上歧途，會讓我有種戰慄的快感。

如果這是家庭環境或心靈創傷造成的心態，還能找藉口解釋。

很遺憾的是，我的性格生來如此。不，由於是與生俱來，大概可以說是雙親和祖先的遺傳——實際上，我的性格惡劣，但也沒什麼想得到同情的意思。再說，魔術師家系性格惡劣是理所當然（預設值）。特別是在鐘塔也名聲響亮的艾梅洛派，以曾為本家的亞奇伯為首，總是反覆玩弄權謀術數，集結了互扯後腿的敗類。

因此——

那一天的事情，特別深刻地烙印在我的記憶中。

「……嗯，那真是愉快。」

我一邊回想，一邊露出微笑。

我從以前開始，本來就關注著在極東的大儀式中倖存的「他」。

鐘塔的任何人作夢都沒有想到，被視為儀式參加者中最不成熟的「他」竟然會平安生還，但既然他回來了，也只能置之不理。

不，眾人是為了爭奪反而出乎意料身亡的君主（Lord）——艾梅洛閣下的權力發生衝突，沒有餘力去管。自古相傳的十二名門之一曾累積了龐大的財產和人才、靈地和魔術禮裝，卻像遭到飢餓的鳥類啄食一般，盡數被奪取一空。

主要的原因在於不只對手，連自己人也出現了掠奪者。過去被亞奇伯家壓制的分家主張艾梅洛的資產、財產也屬於自己，不僅號稱分紅，分走大部分財產，更迎合其他君主背棄本家。結果，本家剩下的只有「艾梅洛」的家名與天文數字等級的負債。

然而，不知道到底在想什麼。

在這種情況下歸來的「他」，放話說要繼承遭到捨棄的艾梅洛教室。

只要跟得上進度的人跟上就夠了，這是鐘塔的教學性質。

既然魔術幾乎全都取決於家系和才能，那就沒有必要認真地教學。適當地散播一些可能成為誘餌的資訊，只挑出前景可期的人作為自己的助手，是鐘塔講師的慣用做法。

正因如此，絕大多數人都看不出遭到捨棄的艾梅洛教室有什麼價值，不過這對「他」來說值得慶幸。

「他」暫且成為三級講師，迅速地嶄露頭角。

儘管一開始連正式的學部也沒決定，只是勉強維持著寥寥數人的課程，但那莫名易懂的實踐性教學，在那些於鐘塔沒有容身之處的新世代（New Age）之間立刻成為話題擴散開來。「他」

最後還說服幾名在權力鬥爭中落敗的講師們來授課，實現前所未見的多元化教育系統。

（……呵呵。）

如今想想，那大概也不是有意營造的現象。

對於血統和才能都不怎麼優秀的「他」來說，要進行粗率難懂的教學反倒比較困難罷了。雖然勉強修滿必修學分當上三級講師，卻因為根本上能力不足，只得借助他人之力。

嗯，非常輕鬆就能想起年輕的「他」忍著胃痛的樣子。掠過眉心的深深皺紋大概是在這時候出現的吧。因為「他」的皺紋多半會一輩子不斷加深，真想趁現在測量看看。

不管怎麼說，「他」讓艾梅洛教室維持了三年。

這也可說是某種奇蹟。

儘管和其他權力相比的確沒什麼大不了的，教室也附有靈地的管理權。對於沒什麼後盾的「他」來說，只要出現一點疏失或弱點應該就會馬上被人奪走。沒想到「他」竟能堅持三年之久，鐘塔的講師們大概也覺得被妖精欺騙了。

大約是在那時候。

我忍不住感到很有意思，直接將「他」找來。

……哎呀。

還是更正一下。

雖然我說找「他」過來，實際上正確的說法是綁架。艾梅洛派當時僅存的一點權力在經過種種巧合與小糾紛之後集中到我身上，我憑藉這些權力，使出各種強硬手段把人帶了過來。

然後，我對趴在個人房間裡的「他」說：

「——我知道你回國後的活躍表現，日日夜夜都滿心雀躍地瞻仰著。其實我是你的祕密粉絲。」

我想「他」多半有了死亡的覺悟。

從我的立場來看，「他」同樣只是奪取了艾梅洛派利權的盜賊。貶低曾為名門中名門的艾梅洛教室之名，以新世代為中心講授低俗的現代魔術，這種行徑聽在有所了解的人耳裡是以死也償還不清的大罪。

可是……

儘管一開始感到困惑，「他」一聽見我名字就像被閃電擊中般呆站著不動，歉疚地垂下頭。沒想到會引起這樣的反應，就連我不禁感到錯愕。

而且——

「……關於艾梅洛閣下的事，我也有責任。」

當「他」說出這種話來，我失禮地差點放聲大笑。

「是嗎？為什麼？究竟是什麼責任？」

連我自己都覺得，這麼問真是壞心眼。

而且現在回想起來還會忍不住偷笑，所以沒得救了。

我甚至很後悔，為何沒把他垂落目光，咬著嘴唇肩膀顫抖的那一幕記錄下來。當然，使用魔術迴路能在腦海內記錄與重現些微段落，但世上還有一種樂趣叫與他人分享——不過，遺憾的是我沒有應該分享的朋友。

「因為是我愚昧的失控行動，導致妳的義兄艾梅洛閣下——也是我的老師肯尼斯・艾梅洛・亞奇伯死去。」

「嗯嗯。若非你與他為敵，我的義兄和他的未婚妻或許能活久一點。」

離譜的謊言。

我只是出於方便附和罷了，一點也不贊同這個說法。

原來如此，這名男子在那場第四次聖杯戰爭中成了義兄（肯尼斯）的第一個挫折。據說他在那場大儀式中偷走義兄寶貴的聖遺物，作為聖杯戰爭參加者和騎兵英靈（Rider）一起和義兄對立。

（……不過，僅止如此。）

當時的我心想。

從筆錄來看，不管怎麼樣，那位義兄都會死。

義兄是極為強大的魔術師，但並非戰鬥專家。

相對的，儀式召集的參加者中有好幾名強得無從應付的殺手。從結果來說，「他」的作為相當於往河水裡扔石頭。說不定那塊石頭有點大，但不足以改變河水流向——這是我下的結論。

如果義兄早早領悟到這一點逃回來，或許能保住一命，但依他的性格不會這麼做。總而言之，我的義兄從參加階段起就被將軍了，死亡是必然發生的結果。雖然在君主身上很少見，但以魔術師來說，這是可能不時發生的悲劇。

可是，「他」如呻吟般地開口：

「我承認我的罪……所以，希望妳饒我一命。」

「哎呀，這時候要說若妳難解心頭之恨，殺了我也無妨啊。我記得，你去進行儀式的極東是一片擅長什麼切腹的土地吧？不覺得在這時為命求饒有點難堪嗎？」

「因為我有該做的事。」

由於他的回答太過堅決，我再度啞口無言。

到底是受到怎麼樣的教育，才會培養出這種樣子？聽說「他」在離開鐘塔前是個性情乖僻又不懂得反省自身不成熟之處的窩囊廢，但我只覺得幾乎判若兩人。

我清了清喉嚨。

「……難得有這個機會，由我試著提出幾個要求吧？」

我試著說出關鍵重點。

室內響起「他」吞嚥口水的聲音，我露出陶醉的微笑續道：

「目前，艾梅洛派的債務非常重。現階段由我獲選為下任當家，債務由亞奇索特家來承擔，可是連支付利息都有困難。你既然說要負責，我希望你先從解決債務著手。」

在這個階段不可能辦到。

損失的資產太過龐大，無法靠個人魔術師解決。艾梅洛好歹是長年支持鐘塔的十二名家，換算成現代金額，大概拍得了好萊塢電影吧。

「……我明白了。我會盡可能處理。」

這什麼好好先生啊。

真希望他懂得我差點全力吐槽的心情。

不，與其說是好好先生，不如說已有所覺悟才對。「他」彷彿隨時都會哭出來似的扁著嘴角注視我，惹人憐愛的表情令我忍不住想要踐踏。

我按捺住湧上心頭的衝動，繼續說出要求。

「雖然協會回收了義兄的魔術刻印——艾梅洛的源流刻印，遺憾的是，能夠回收的部分只有大約一成，我們僱用的調律師至少需要超過三代才能修復刻印。這方面也能由你負責設法解決嗎？」

「……好。」

我不禁懷疑這傢伙是不是瘋了。

第四次聖杯戰爭該不會其實是往腦子裡塞蛆或蟲子的儀式吧？那樣我的義兄不可能受得了。

「那麼，談談最重要的一點吧。剩餘的艾梅洛派只設法竭力守著君主的地位。如同剛才所說，派閥意見一致推舉的候補是我，但我畢竟太過年輕了不是嗎？能請你保住艾梅洛的君主席位，直至我達到適齡期為止嗎？」

「……那是……無所謂，不過具體而言要怎麼做？」

「簡單來說，就是由某個人承擔君主的工作直到我成年為止。」

「他」在此時首度瞪大雙眼。

這代表「他」對其他要求都有所覺悟，但這時第一次超出了預期吧。逼「他」從喉嚨深處發出低沉的呻吟，我像第一次拔下青蛙腿一般興奮得不得了。

「等一下，意思是說——」

「就是那麼回事。我想你會打從心底覺得和其他君主交涉很無聊，不過拜託你了，艾梅洛閣下II世。還是這樣稱呼你呢——親愛的兄長？」

「他」感到頭暈目眩，就快倒下。

儘管勉強撐住了，他仍幾乎暈厥過去。

「對了，加上第四個要求，當我的家庭教師。嗯，接受無血緣關係的兄長指導有種倒錯感，非常棒。」

我笑著補上最後一擊。

後來，我向「他」收了一點擔保品以防脫逃，不過那是另一回事。

以上是我與「他」關係的開端。

各位是否認同，這是個相當美好又溫馨的故事呢？

……對了，唯獨有一件事忘了說。

我的名字叫萊涅絲·艾梅洛·亞奇索特。

將「他」——過去名為韋佛·維爾威特的不成熟魔術師，封印為艾梅洛閣下II世的女子。

✦第一章✦

1

馬車的喚人鈴驅散我的睡意。

我揉揉眼睛向車夫道謝，和托利姆瑪鎢一起踩著踏板下車。

馬車文化在我國英國仍頑強地存留下來，不過說到四匹馬拉的轎式馬車，若非王室馬車，看見的頻率也大幅降低了。特蘭貝利奧派刻意派來這輛馬車的意圖很明確，是暗中威脅我「妳明白我們和妳的差距吧」。

無論如何，回到自己的市街，點了平常用的眼藥以後，我大大地伸個懶腰。

現代魔術科(諾里奇)的市街——斯拉是有些拼接風格的街道。

西側是一片看起來歷史頗為悠久的街景，不過在接近倫敦(London)的東側出現格外有近代風的建築。這片風景與其說沒有統一感，更像是進行過大手術後以繃帶遮掩了傷口。

「……唉，總而言之，就是缺錢。」

我敘述感想。

魔術協會現代魔術科買下這一帶的街道時，的確探詢過周遭不改建是否合適。之所以這麼說，也是因為周邊環境與魔術密切相關，如果能實現，統一成舊式建築比較理想——

然而，無奈現代魔術科缺錢。

在買下這一帶的土地之前，本來就債台高築了。

我不會說是全部，但世界上的事情大約七成取決於預算，這一點在魔術的世界也沒有改變。真是可悲，說到底，能將世界的價值轉換成數字的金錢概念很神祕，所以無可奈何。地球上總是不斷通貨膨脹的資產本身，即是集體潛意識創造出來的幻想。

實際上，金錢相關的魔術似乎不論在東西方都有一定需求，不過像我兄長愛說的理論就談到這裡為止吧。

「好了好了。首先——」

我喃喃自語，邁開步伐。

我繞過爬山虎纏繞的磚牆，從坡道往十字路口直走。

沒多久後，目的地建築物出現在前方。

在鐘塔十二科中，以總部來說面積最小的教學樓。

對周遭而言，這裡名義上是某間大學的附屬設施。順帶一提，第一科——全體基礎（密斯提爾）的教學樓是偽裝成大學本身，不過以我們現代魔術科的規模實在難以採用那個藉口。

踏入玄關大廳，陰涼的空氣迎接我。

只有出於至少此處要維持體面的想法，重點投注了諾里奇卿融資經費的玄關大廳還保有一定的沉著和品格。

「…………」

短短十秒鐘，那份品格就被打破了。

隨著「呀呼！」這一聲呼喊，某個人影順著大廳的螺旋樓梯扶手滑下來。他有一頭短短的金髮與藍眸，笑容看來開心極了，不過看到正要走上同一座螺旋樓梯的我，他的表情變了個樣。

「哇、哇哇哇！小萊涅絲！」

緊急煞車也不管用，少年的屁股一滑，加快速度。

金髮少年像搭乘雲霄飛車一樣猛然滑落，眼角泛淚地喊。

「對、對不、對不起～～～～！」

「……托利姆。」

水銀色的——不，本身即是水銀的女僕迅速從輕咳幾聲的我背後走出來。

她正式的名稱是托利姆瑪鎢，在我對從前亞奇伯家持有的魔術禮裝．月靈髓液（Volumen hydrargyrum）賦予虛擬人格與功能限制後構成。簡單來說，她是極為接近自律性魔偶的存在，現在是我的保鏢兼日常僕人——

她舉起手，輕鬆地接住剛才那名金髮少年。

「您沒事吧，主人（Master）？」

「嗯，一點問題也沒有。謝謝。」

我微微點頭，回應托利姆瑪鎢的詢問。

只是，我也注意到他碰撞到我的衝擊力道格外地輕，以及少年在相撞前唸出一小節(One Count)的詠唱「漂浮(Flow)！」。

大概是控制慣性的魔術之類的。雖然只憑一小節就啟動，應該同時用了什麼護身符(Amulet)，但我很佩服他能在墜落之際施展魔術。魔術本來需要極度聚精會神，就連非常高階的魔術師，要問是否辦得到相同的事，他們也會搖頭。我注視著人稱「天才傻瓜」與「天佑的不祥之子」的少年眼眸，揚起嘴角。

「所以，你有什麼藉口嗎？」

「不，因為，既然那裡有螺旋樓梯，不溜一下不是很失禮嗎！既然有擦得如此光亮的扶手等著我，搖搖晃晃地滑下去才符合禮儀！」

「……這是你第三十七次用那個藉口了，費拉特。」

最後一句話並非我說的。

責怪的話聲自螺旋樓梯上方傳來。

一個令人為之眼前一亮的俊美人物，將臉頰湊近方才名叫費拉特的少年滑下的扶手。

嘶……他在扶手旁吸吸鼻子。

「還是老樣子，胡亂閃閃發光又無從捉摸的氣味。還在想剛才你率先出了教室，又是跑來玩溜扶手？」

他的年齡和名叫費拉特的少年一樣，是十五歲左右。

蓬鬆捲翹的金色在午後陽光的照耀下，看起來宛如糖畫。懶洋洋地低垂著的眼眸，瞳色在翠綠和群青之間擺盪。從纖細的指尖到鎖骨的均衡，以及那令人不禁想到希臘的石像應該就是如此，幾近於奇蹟的全身輪廓。

那名美少年用帶刺的口吻攀談。

「你被艾梅洛老師罵了多少次，作業還增加了三倍？」

「咦？可是，增加作業是老師在用他的方式給予鼓勵吧！老師要狗狗(le chien)你追加報告的時候，你看起來也很高興吧！」

「別說別人是狗！是史賓！史賓．格拉修葉特！要經過多少年，你那個空空的腦袋才記得住！」

他吊起眼角，食指狠狠指向少年。

那根食指上照射出某種瞬間讓我頸項發寒的事物。

據說稱作咒彈的北歐魔術光是手指一指就能讓人生病，不過這個是由宛若野獸般猙獰的殺意凝聚而成。濃縮的殺意本身等同於詛咒。舉例來說，想想東洋使用的蠱毒等例子就可以明白了。

對了，為了慎重起見我要補充——這並非魔術。

這對他來說是「生態」。

「因為狗狗就是狗狗啊！跟權威教授或Master V或大笨鐘☆倫敦之星或魔術揭發者之類的一樣！」

不過，應該被打個正著的費拉特悠悠哉哉，根本沒注意到。他與生俱來的強韌魔術迴路反彈了不完整的詛咒。

「……那些統統是指艾梅洛老師吧！而且，大笨鐘☆倫敦之星是你取的名字！」

「權威教授是狗狗喔！」

唔！少年——史賓對費拉特的抗辯發出呻吟。

唉，比起連我都喊狗狗，這時還是稱呼他史賓比較好，不然情況也會變複雜。

啊！費拉特屏住呼吸。

「難不成，在狗狗成長的環境沒有……『暱稱』的概念……？」

「那怎麼可能！」

怒吼聲化為蘊含著魔力的咆哮，擊向樓下。

就在他發出甚至半具備著物理威力的大吼前，我也無奈地握住托利姆瑪鎢的手。

「——調節(adjust)吧。」

呼！我吹了口氣。

簡單來說，我是將托利姆瑪鎢的水銀身軀化為霧狀，吹散開來。淺灰色的面紗接下史賓的咆哮，以分子程度漫反射出去，將詛咒分散到無害的地方。

這時，史賓好像也終於發現了我。

「……啊，呃，萊涅絲小姐。」

他瞪大美麗的眼眸，歉疚得彷彿隨時會自盡般向我低頭道歉。

「失禮了！我無意對公主如此無禮！」

「不會不會，這場表演很有趣。」

我說出坦率的感想。

如果向外人展示這種場面，很可能會陷入錯覺，覺得「原來如此，魔術感覺很好玩」。想到在魔術方面完全是二流貨色的兄長每天被迫目睹這種景象的苦惱，我忍不住覺得高興。

史賓和費拉特。

他們正是艾梅洛教室的雙璧。不，即使放眼鐘塔整體，在這個年齡層的條件之下，他們應該也名列前茅。

不過，正因為有那種能力——特別是費拉特，才會在輪番待過鐘塔各個教室後被託付到兄長這裡。

「對了，我的兄長和格蕾在哪裡？」

「您有事要找格蕾妹妹……不，格蕾小姐嗎？」

美少年的句尾一瞬間停頓，但我刻意忽視。

很難想像這名少年會因為一個勁地做出跟蹤狂似的行動，遭到兄長嚴令禁止接近某位少女身邊幾公尺之內，因而沮喪萬分吧。

嗯，非常倒錯，真好。

嘶——史賓吸吸鼻子後開口：

「沒有離開教學樓的氣味，我想她大概在老師的房間。」

「謝謝。」

我道謝之後，按住費拉特的額頭。

「小萊涅絲。」

「我不討厭有人這麼喊我，但是你也要學著穩重一點。你在學生裡好歹是資歷最深的吧？」

「……恕我直言，萊涅絲小姐。我比費拉特早來一個月。」

看到不滿的史賓，我忍不住笑了出來。

「那就更是如此了。你們算是同屆學生吧，要互助合作。」

這麼說完後，我走上螺旋樓梯。

正好走出教室的，大致上都是新世代的學生們。這群無法被其他十二科接納的學生，唯有在這間教室無所顧忌。其實我也不知道這是不是件好事。

無論如何，我不理會他們，走在大理石地板上。

不久後，微弱的聲音傳入耳中。

是哼歌聲。

非常細微——拘謹的歌聲。

我打開裡面房間的門扉，一絲油味刺動鼻腔。

兄長的個人房間分為前後兩個空間，門口旁放著鞋櫃。當然，在建築物裡一般都穿鞋行走，不需要在這裡脫鞋，但也許是義兄頗為講究，也帶了幾雙鞋與替換衣物放在教學樓的個人房間裡。門口擺著一張非常小的圓凳，形似灰色妖精的身影拘謹地坐在凳子上。

戴灰色兜帽的少女正拿著一小塊抹布擦鞋。

她身旁放著去汙用清除劑和鞋油瓶罐，分別用不同的抹布愉快地擦著整隻鞋。不在乎指尖稍微弄髒，連皮革交疊的部分也仔細地持續擦拭著。

「擦鞋還真是……」

「……萊涅絲小姐。」

少女在兜帽下的肩膀顫了顫，轉頭看向我。

老實說，這個情境會讓我很想欺負人，然而不可思議的是，我對於這名少女提不起那種心思。說不定是主要目標在裡面等著的緣故。先享受一下前菜(Hors-d'oeuvre)也是我的作風，不過遇上史賓和費拉特就滿足了吧。

看著似乎已經擦乾淨的三雙皮鞋親密地並排擺著，我開口說：

「妳擦得很開心嘛。真沒想到擦鞋那麼有趣，下次也讓我來做吧。」

「……因為這是我的工作。」

少女——格蕾拘謹地藏起弄髒的抹布與鞋油。

「我又不是說要搶妳的工作。」

那惹人憐愛的舉動讓我不禁露出微笑。

這對我而言也很稀罕。多半是因為她接近魔術，卻不是魔術師吧。面對無利害關係的對象，我也沒有必要武裝自己。不，老實說，連我自己也不太分得清從童年起就習慣戴上的武裝外殼和真實自我。

「我純粹是覺得妳看起來很開心，想試著共享一次而已。」

「……我看起來很開心嗎？」

少女灰色的眼眸彷彿聽見了不可思議的話語般搖曳著。

這名少女宛如來自黑白的世界。她的肌膚、頭髮、眼眸與衣服都由黑白劃分，宛如無色世界的冬日妖精。在被白雪淹沒的景色中，她大概會一個人持續作為悲傷的灰色(Gray)吧。

「剛才那首歌是妳故鄉的歌謠嗎？好像在歌詠遙遠國度的烏托邦。」

「……呃……」

少女注視著自己擦好的鞋，思索一會兒後開口。
「……或許……是吧。」
「妳明明在唱卻不知道？」
「這是我在故鄉學到的歌，不過沒聽說過由來或任何訊息……我本來連這是不是與故鄉有關的歌曲都不清楚。」
「是喔。」
對了，兄長不怎麼提起收留她時的事情。
唉，過去的往事大致上都是禁忌，也是魔術師之間的默契。如果刺探起來，照慣例只有痛處。
少女含糊其辭，目光再度落在鞋子上。
速度雖然絕不算快，她一隻隻仔細地擦鞋，沒停下手頭動作並悄然開口：
「……萊涅絲小姐有關於故鄉的回憶嗎？」
「嗯，我嗎？」
我本來富有趣味地望著那副模樣，但不由得對問題的內容眨眨眼。
「這個嘛。儘管屬於艾梅洛派末端，但我畢竟是亞奇索特家的正統血脈。說起來會是老套的魔術師經歷喔。對了，由於住在鐘塔附近，血腥的陰謀會多一點吧？唉，這十年來我老是在冒險。鐘塔的所有人都以為我只是年幼又方便操縱的棋子，哎呀～如今想想也是相當愉快的景象。」

不過，在艾梅洛派的權力定落到我身上時，我給了大部分的人相襯的報應。

這時，格蕾下定決心般開口：

「……那就是老師當上艾梅洛閣下II世的理由嗎？」

我心中感到意外。

因為一兩個月前的她，感覺不會問這個問題。

實際上，少女好像覺得自己脫口問出那種問題很難為情，拉低灰色的兜帽，將頭垂得更低。

「妳很好奇嗎？」

「……或許……吧。」

格蕾為難地專心擦著鞋子。

這次她拿刷子刷著抹上一層薄薄鞋油的鞋子。柔軟的馬毛一次又一次來回刷過黑色皮革表面，漸漸擦亮到光可鑑人的程度。實際上，皮鞋鞋尖模糊地映出格蕾的臉龐，她像這樣開口：

「……因為老師看來不像是自願當君主的樣子。」

嗯，很好的著眼點。

只要他有一點點那方面的野心，我也不會挑中他。說到底，他是只對魔術與其發展感興趣，很有魔術師風格的魔術師。鐘塔的權力鬥爭也是，追根究柢，他原本的目的應該是為了替魔術研究確保有利的環境，但如今的魔術師有幾成記得那個大前提呢？

「我的確在各方面束縛著他。」

哎呀，忍不住露出壞心眼的笑容了。

明明想著別太過欺負這孩子，一不留神卻變成這樣。

「……妳又有事要來委託老師嗎？」

格蕾用一如往常的耿直口氣詢問。

她明明怯生生地害怕與他人接觸，卻依然拚命伸出手的態度，讓我有點沒了勁。

「妳真的是個好寄宿弟子。」

我隔著兜帽將手放在她頭上。

「……嗚～」格蕾也輕輕發出呻吟，但沒有離開。乖乖，我盡情地摸摸妳的頭吧。

「話說，妳在室內也一直戴著兜帽不熱嗎？如果是我兄長很囉嗦，我也可以唸唸他。」

「……那個，那是……」

少女為難地按住兜帽邊角，難為情地說：

「因為那個人說，我遮住臉也沒關係。」

「這樣啊。」

這同樣是我不太明白的心理。

話雖如此，我與兄長不同，沒有遇到無法理解之處就先追究下去的壞習慣。不明白的話擱置就行了。人生短暫，該做的事情太多了，因為丟著不管的作業隨時堆積如山是理所當然。

總之，這次我選擇優先辦事。

「我的兄長在裡面對嗎？」

「是的。」

當我揮揮食指，少女點點頭。

「那麼，晚點兒見。」

我拋去一個媚眼，手伸向裡面雅致的門。

一打開門，看見整齊的房間。

首先映入眼中的，應該是擺放得毫無空隙的書櫃。

書籍依照類別與尺寸劃分得一絲不苟，還考慮過與窗戶的角度，防止陽光曝曬。活動書櫃裡的藏書粗估應該有兩千本左右，但當然只是收藏的極少數一部分。

放在桌上的純銀筆桿鋼筆和雙刃雪茄剪也非常雅致，只裁切這部分的話，說是幹練男子的辦公室也不遜色……不，看來是消遣用的最新一代掌上遊戲機放在角落，以好歹是鐘塔相關教學樓的房間來說有幾分異樣感。

「公寓明明那麼亂，在鐘塔為什麼是這個樣子？你是想裝乖嗎，我的兄長？」

「……整理好工作場所是當然的吧。」

我們雙方都沒打招呼，我的兄長好像正在看書。他坐在房間深處的古董椅上，手也仍舊靠著扶手，憂鬱地注視著書頁。他看的不是鐘塔教授們推崇的古書，是比較新的書籍。

確認跟我過來的托利姆瑪鎢關上門後，我瞄了書名一眼。

「第一次看到這本書。」

「這是在加州集會上成為今年話題，關於原子力和五大要素的魔術論文。論文只供自家人使用限量印製了數十本，但我請對方寄送過來。不過，最近好像也用電子書形式向會員販售了。」

兄長一臉嫌麻煩地說明。我記得現代魔術的盛行區域是以加州為中心的美國西海岸地區，據說每年都有以現代科學為基礎的最新魔術論文發表。不過，那些論文幾乎都與實際的魔術關係不大——簡單來說，進入了超自然或神祕學的範疇，所以就算在鐘塔，會逐一檢視這方面論文的人應該只有我的兄長與其他數人。

長長的黑髮，與刻在眉心的淺淺皺紋。

由於生性愛操心而有些顯老，但面容仍殘留著青年的印象。

艾梅洛閣下II世。

光是想起那個名字，我就不禁發笑。

我給予的名字，封住他的地位。

「……然後，怎樣？妳又有什麼意見嗎？」

目光沒從書籍上移開，兄長冷淡地說。

對了，這種反應與其說是很忙碌，更像是不想和我四目交會。想到自己遭他厭惡，愉悅感再度戰慄地掠過背脊。

所以，我忍不住想捉弄他。

「剎離（阿德拉）城的事害你受罪了。」

「嘖……！」

兄長用力皺起眉。

彷彿聽得見他咬牙切齒的聲音。我不由得擔心他會不會早早裝上假牙，不過那樣也很有意思。

「……何止受罪而已。」

「哎呀～失禮了。話雖如此，兄長你也明白這有相當的苦衷吧。」

我晃動肩膀，撫摸一旁座椅的椅背。

唉，若能得到那裡的遺產，想弄到手是我的真心話。

要問是否能用來修復艾梅洛的魔術刻印雖然有困難，不過肯定可以高價售出。儘管到頭來，在那場事件中得到好處的只有沒收剩餘遺產的法政科而已。

「對了，聽說你遇見露維雅潔莉塔．艾蒂菲爾特？聽說她指名要你擔任導師(Tutor)，做出像我一樣的事來？」

「那女孩可是馬上向三個學部提出志願書了……」

兄長單手拿書，揉揉太陽穴說道。

一般而言，進入鐘塔的魔術師會在全體基礎度過約五年之後轉到各學部。只是這並非明文規定，越優秀的魔術師越早兼修或一再轉學部也很常見。

更進一步來說，由於兄長被當成幫手，叫去各學部授課，艾梅洛教室保有不僅限於現代魔術科的影響力。

「喔喔～不愧是夙負盛名的艾蒂菲爾特。你打算怎麼辦？」

「哼。不管怎麼說，她是用寶石魔術，所以礦石學部會照顧她。而且，也附上我的推薦信吧，她需不需要這個則另當別論。」

「這可真是……」

應該佩服他還是感到傻眼呢？

他從各方面來說都很會照顧別人。這種在最後給予照顧的特質招來自身的操勞，這位兄長不知道對此有多少認識。

不只如此——

「……妳不是過來閒聊的吧？」

還會親切細心地主動切入正題。

「快點說出這次的來意。既然妳會特地過來我這裡，一定又是相當麻煩的案件吧。」

「嗯，事情很簡單。」

我露出苦笑頷首。

我將雙肘放在桌面，猛然逼近兄長。刻意忽視兄長說「這傢伙發什麼瘋？」的眼神，說出關鍵的來意。

「可以把那裡的格蕾借給我幾天嗎？」

「…………」

也許是沒料到這句話，兄長晚了幾秒才回應。本來就不怎麼和善的眼眸更加瞇起，總算闔上手邊的書本將視線轉向我。

「為什麼要借格蕾？」

「喔喔。第一次轉頭看我了呢，那麼重視寄宿弟子嗎？」

「……女士。」

兄長的聲調裡摻雜了極為嚴肅的感情。兄長就是這個樣子。即使不在乎自己的事，一旦涉及弟子的事態度就徹底轉變。

「既然訂下契約，我會盡可能妥善處理好妳的希望。不過，其中不包含指派弟子。如果妳認為艾梅洛教室的學生是手下兵卒，這無論對我或者妳而言，都是不怎麼值得高興的誤會。」

哎呀呀。

有其徒必有其師——不，相反才對吧。罷了，捉弄也就到這裡為止吧。

我聳聳肩，老實告訴他來意。

「其實，我受邀參加社交聚會。」

「……社交聚會？」

「沒錯，是來自特蘭貝利奧派送的邀請。一般來說我會謝絕，可是對方透過提供我們融資的諾里奇卿相邀，實在不能忽視吧？」

「……妳說來自特蘭貝利奧派？」

我從兄長的視線切實感受到溫度迅速地下降。

……啊啊。

有種回來了的感覺——這種冰冷的緊張感，不同於費拉特他們太過破天荒的姿態，是我知道的魔術世界。雖然格蕾剛才也問過類似的問題，但沒體驗過倫敦陰暗面的人無法了解其真實情況。

這裡是我的故鄉。我出生成長的地方。

兄長用低沉的嗓音問：

「社交聚會的主旨是？」

「在談論之前，可以先問我的家庭教師一個問題嗎？」

我豎起食指，不等兄長回答立刻繼續說下去：

「且問吾師——何謂美？」

我的發言只像是突然把話題切換成問禪一般，然而，兄長極為沉重地皺起眉頭。

他嘆了口氣，將手伸向桌面。

「若要定義魔術上的美，普遍的例子是黃金比例吧。」

兄長說著，拿起放在桌上的三角板和圓規。

他拿來一旁的便條紙，先用三角板動作熟練地畫出正方形，在一邊以圓規畫圓。

實際上，在描繪魔法圓陣時需要這方面的技術，優秀的魔術師也需要具備優秀測量師的技術。古代魔術師們曾參加木匠共濟會（Freemasonry）的說法也不難相信。

兄長延長正方形的一邊，使用與圓的交點畫出一個長方形。

「這就是黃金比例，費氏數列相鄰兩項之比——就是大致上當短邊為1，長邊為1.618的長方形。這是不分地區與時代，人類都能從中發現美的比例。根據傳說，黃金比例是由古希臘建築家菲迪亞斯發現，應用在各種建築物上，但在早於該時代兩千多年前，據說埃及第三王朝的大祭司印何闐建造金字塔時也使用過。

當然，除了黃金比例以外，像是蜻蜓翅膀和蜂巢等蜂窩結構、鸚鵡螺與龍捲風、銀河星雲形成的對數螺線等等，看得出協調之美的事物很多。當然了，大多數魔法圓陣與工房缺少數字上的協調，不可能保持穩定。可以說美麗的事物，汝名叫數字啊。」

兄長流暢地說著。

他已切換成屬於講師的口吻，我深深覺得這是他的天職。既然如此，他再對給予他那項天職的我多表達一些謝意也不會遭報應才是。

「喔。我隱約記得菲迪亞斯這名字，我記得這個人是數學上Φ符號的由來吧。」

「妳的記憶方式真是半吊子。不如說，Φ本身是象徵黃金比例的符號，其他在尤拉公式和波函數中也用到了。」

兄長覺得很無聊地回答。

「菲迪亞斯是擔任帕德嫩神殿總監的建築家，也是建造世界七大奇觀之一——宙斯神像的人物……哼，那可是只要出一點差錯，就很可能成為英靈的人才。」

我極力忽視他悄然呢喃的話語。

唉，放不下留戀的兄長真是難看。

他停頓了半晌，從懷中取出雪茄。以雪茄剪切掉頂端後，用火柴點著雪茄。

「……但是，不同於這一類的美，也有隨著時代與地區變化的美，即名為『流行』的東西。」

他說著，緩緩地將煙吸入體內。

或許是考慮到我的偏好，兄長抽的是味道較淡的牌子。

「所謂『流行』，並非只有時尚和音樂而已，幾乎展現在所有人類文化上。」

「哦？我的兄長，所有文化這說得太誇大了吧？」

「因為是事實。」

兄長任雪茄煙霧霧升起。

「妳聽過許多關於重估經典價值，或重新發現經典的消息吧。依現代魔術觀點思考那種『流行』，是會從集體潛意識裡——儘管包含一些語病，用東洋的說法可以稱作阿賴耶識——定期浮現的事物。也可以比喻成不時自深海海底顯露出來的冰山一角。」

兄長的手指一圈一圈地攪動著眼前的煙霧。

意思是那些煙是大海，突出的指尖是冰山一角吧。或者，他說不定想表達人類的集體潛意識就是那麼模糊的東西。

「也就是說，這與單純的個人好惡現象不同。我等的嗜好並非純粹從內部自然發生，持續受到各式各樣的外在環境影響。按照這種觀點，宗教也是容易理解的涉及美的案例。」

「宗教？」

「沒錯。正因為被認同理念很美，宗教才得以滲透普羅大眾。十分嚴格禁止偶像崇拜的基督教，之所以熱切投入聖母像等宗教藝術就是出於那種原因。過去有許多宗教，透過配套提供作為理念的美與作為藝術的美，確保吸引到該時代的大量信徒。」

我的兄長說，宗教是起因於美的事物。

正因為當時有許多人認為那種規律很美，宗教才從個人擴展到一個地區，並依據情況逐漸擴展至世界各地。

「而這種美也與定期的『流行』無關。畢竟有從密特拉教和摩尼教在同一個地區反覆的交替盛衰，發現了限定範圍集體潛意識變遷的論文。」

「等一下。意思是說，我們皈依什麼宗教也是『流行』？」

「正是如此。」

兄長點頭同意這個讓聖堂教會聽到，恐怕會當場處決人的結論。

「簡單來說，什麼樣的宗教會受到喜愛也隨著『流行』改變。大致上，主流宗教有多種路線，會因應時代的『流行』切換。佛教為大乘和小乘；基督教為舊教和新教，儘管乍看之下是對立的，但總之，那是巧妙因應當時群眾『流行』的結果。」

「……原來如此，好壯闊的話題。」

我也閉起一隻眼睛。或許是被雪茄煙霧燻疼了。

如同時尚與音樂的「流行」每隔十年或二十年就會循環，就連表現在宗教上的文化集體美感也是經歷數百年或千年時光反覆興衰——兄長如此說明。

「…………」

同時，我也想起鐘塔相傳的另一段歷史。

典範轉移。

再也無法恢復原樣，不可逆轉的變化。

神話時代結束，妖精的時代結束，進而轉移到人類的時代。然後，一定會在未來相連下去的新時代是——

「好了，女士。妳所說的美是剛才提到的哪一種？」

兄長突然舉起雪茄指過來。

他的眼睛筆直地盯著我。

「唔嗯。」

「我的想法是——妳想說的美，並非在『流行』與數學上經過證明的東西。不，妳想說的是——如果人類能夠體現超越那種常識的美呢？」

兄長直指核心。

我散布的提示或許太多了。

「呵呵呵。唉，對我的兄長來說有些太簡單了嗎？」

我坦率地接受，吐吐舌頭。

世上有許多美女的傳說。

埃及豔后。

楊貴妃。

海倫。

不過不僅限於三大美女，這種美的定義很籠統。

依照歷史與地區而定，有人從頸項與腳趾的長度發現了美，也有人在極長髮中發現了美。這應該是兄長方才提到的「流行」導致的。因為艾梅洛閣下II世定義的「流行」不單是間隔一定時間，反覆浮上檯面的事物，也包括地方性的美感在內。

不過，如果有也隔絕於那種常識之外的存在呢？

那豈非代表接觸到魔法的領域了嗎？

任煙霧纏繞長長的黑髮，兄長靜靜地識破謎底。

「……原來如此。社交聚會是黃金公主、白銀公主要初次露面嗎？」

2

兄長陷入沉默一會兒。

從窗戶照進來的陽光泛著午後的憂鬱，斜照過他的側臉。滯留的雪茄煙霧使那束光芒鮮明地浮現出來。

「……這樣啊。這一代的黃金公主、白銀公主也差不多是時候了嗎？」

他再次說道。

白皙的指尖敲了敲剛才那張便條紙。

「嗯。這麼一來，只靠托利姆瑪鴿很不放心。可是，我想不到可以帶去參加鐘塔社交聚會的保鏢。姑且不論做偵探，我的兄長也難以稱得上適合當護衛，因此我想借助寄宿弟子的力量。」

「那麼，由妳去拜託格蕾。」

「唔。」

聽到意外的答覆，我也一瞬間感到困惑。

「我剛才也說過，希望妳別以為他們是我的學生就能夠自由使喚。再說，妳和格蕾從都是我的學生這層意義來看是同輩沒錯吧。既然有那種要求，妳應該別透過我，自己提出委託。」

「意思是……我個人拜託她沒關係？」

「我就是那麼說的。」

「唔，嗯……」

兄長以莫名奇怪的眼神注視陷入沉思的我。

「我以前就想過。」

「嗯？」

他對皺起眉頭的我犀利地發問。

「妳不曾請朋友幫忙過吧。應該說，妳有朋友嗎？」

「……唔唔。」

我不禁呻吟出聲。

他說中了。若這是正式委託，或是對方要求高額酬勞的話沒有任何問題，不過連我也清楚，這件事多半不屬於那種類型。啊，不，我當然也有我的朋友，但他們沒接受過因應這種情況的訓練。

「……那個。」

門扉打開。

將嬌小的身軀縮得更小，戴灰色兜帽的少女佇立在門口。

「……那件事，我接下來也無妨。」

「格蕾。」

兄長眨眨眼。

這時，少女縮起肩膀低下頭。

「……對不起，我無意偷聽。」

當她惴惴不安地說時，新的聲音在房間內響起。

「咿嘻嘻嘻嘻！是傳進我的耳朵啦！我就完全告密嘍！像《告密的心(The Tell-Tale Heart)》一樣！」

少女的右手附近發出奇怪的聲音。

兜帽斗蓬輕輕飄起。固定裝置(Hook)解開的堅硬聲響傳來，被關在鳥籠般的「籠子」裡——上頭雕刻著眼睛與嘴巴的奇怪匣子從右手袖子裡露了出來。

「……亞德。」

兄長苦澀地呢喃。

我也算知道內情。只看單純賦予人格的魔術禮裝這一點的話，托利姆瑪鎢也一樣，不過這個亞德比她洗鍊得多。不過，我知道格蕾和亞德的祕密還有下文。

兄長小聲地嘆了一口氣後問：

「格蕾，真的可以嗎？上流社會大多都不光只有華麗盛大的一面，鐘塔的社交聚會更是如此喔。」

「是、是的。」

灰色的少女點點頭。

「……我也覺得，我必須更加認識鐘塔才行。」

「……原來如此。」

感覺兄長比平常更神色複雜地皺著眉頭。說不定是這名少女所說的話，讓他產生某些想法。

我從旁邊一把握住她的手。

「……那就說定了。感謝妳，格蕾。」

「是、是。」

手突然被握住，兜帽少女臉泛紅暈地低著頭，之後好不容易小聲地補充道：

「那個，所以黃金公主和白銀公主是什麼？」

「這個嘛，在去程途中我再依序告訴妳。」

要是現在不小心讓她跑了我可受不了，說明等到之後再說。

兄長注視我的眼神彷彿在說「這可是詐欺師的手法」，但我不在乎。人在倖存生還後，才有餘力在意雙手乾不乾淨。

我依然握著她的手，突然想起什麼事並回過頭。

「喔～對了，也有一件事想拜託兄長。」

「不只一件吧。」

我對毫不掩飾厭煩的兄長拋出話題。

「你瞧，你還沒放棄第五次聖杯戰爭的協會名額吧？」

「……我是這麼打算。」

格蕾微微一顫，有所反應。

說不定她對聖杯戰爭一詞有什麼想法。

「沒什麼，這次往來時我向特蘭貝利奧打聽了一下，協會方面的想法幾乎定案了。現有封印指定執行者中最強的人物之一──名聲響亮的芭潔特．弗拉卡．馬克雷米茲。即使考慮到聖杯戰爭的特性，她是正適合的妥當人選──雖然還有另一個名額，這邊就很可疑了。聽說有新手出錢要獲選的魔術師轉讓名額。」

「…………」

兄長沉默片刻後，只搖了搖頭。

「出席聖杯戰爭的手段並非只有協會名額而已……不管怎樣，等到彌補妳和艾梅洛的事有了眉目再說。」

他沉重地低語。

當他將雪茄頭滑進菸灰缸，整塊菸灰掉落下來，有一點像頭顱。

彌補也就是指債務和魔術刻印，兩者都不是幾個月就解決得了的問題。

「剩餘期間明明早已少得令人絕望，還真是賺人熱淚。唉，雖然我也收了擔保品。」

我聳聳肩，提出關鍵的要求。

「──既然如此，兄長。當作你萬一趕得及參加的保險……」

「嗯？」

「在死之前要不要跟我生孩子？要跟托利姆瑪鎢生也可以喔。」

這一次──

艾梅洛閣下II世用力嗆咳出來。

嗯，真愉快。既然破壞力那麼強，應該在他飲食的時候說才對。儘管連旁邊的格蕾也僵住了身，希望她認命地將遭到波及當作寄宿弟子的義務。

「妳把我的魔術迴路納入血統想幹什麼？」

兄長以手背擦擦嘴角，忿恨地問。

「不，我不想納入血統喔，也不打算給你魔術刻印。但你的聲望和權威相當不錯，運用魔力的方法本身也有可觀之處。遺憾的是艾梅洛並不團結，趁這種時候得到你的孩子，投入分家的想法還不壞吧？」

「……女、女士。」

也許是終於恢復平常心，兄長嗓音沙啞地瞪視我。

「……妳那種像法政科的想法，是我不喜歡的地方。」

「哎呀，惹你不高興了嗎？」

看出形勢不利，我掉頭離開。

當然，我依然握著格蕾的手。

我拉著嬌小的少女，對他拋了個媚眼。

「那麼，寄宿弟子借給我嘍。我很感謝兄長的分配。」

門被關上時，我的兄長發出的嘆息真夠沉重。

3

隔天早上，我們搭上自倫敦出發的電車。

儘管說好在月台碰頭，但格蕾似乎還不習慣搭電車，我在剪票口附近發現倉皇失措的她。她知道車票，然而，在發現近來採用的非接觸型ＩＣ卡感應驗票機後似乎就當機了。

格蕾的行李一如往常。

我也只推著一個行李箱。托利姆瑪鎢也不能在大街上高調露面，所以裝在行李箱內。另外，從水銀製的她的質量來看，減輕重量的魔術也不可或缺。

「不好意思，找妳陪我同行。」

「沒、沒關係。」

格蕾拘謹地行個禮。

我和她坐在四人座車廂裡面對面。先不提坐在隔壁，像這樣面對面很難保持沉默。話雖如此，從她來到倫敦以後，我們沒什麼機會像這樣兩人獨處，讓我有些困惑要如何拋出話題。

（……嗯，先吃東西好了。）

於是，我從行李箱裡取出備妥的木盒。

我俐落地解下紅色緞帶打開盒蓋，芬芳的可可味竄進鼻腔。做成各種花卉造形的巧克力楚楚可憐地擺在盒內，表面上也仔細地點綴著糖漬真花花瓣，外觀上就很有趣。

我掂起手邊的巧克力送入口中。

甜味與一絲苦味在舌頭上溶化開來。剛才那片花瓣的甜味多層交疊，令人忍不住伸手拿起第二顆、第三顆。這是我在倫敦常常購買的巧克力店的作品，平常我會享用巧克力飲品，不過這種綜合拼盤也不容輕視。

「嗯嗯，這個月統一是苦味巧克力啊。可惡，想用卡路里挑戰我嗎？」

魔術中當然也有許多減肥藥，可是我不想輕易親身試驗。

我思考一下，將巧克力遞給眼前的少女。

「吃一顆如何？」

「……謝、謝謝。」

因為她道了謝，我隨意給她一顆巧克力。

或許是沒什麼吃點心的習慣，她將點綴著糖漬花瓣的薔薇形巧克力放在掌心，困惑了好一會兒，這才下定決心放進嘴裡，睜大雙眼僵住身子數秒。

「……很好吃。」

「呵呵呵。中意的話，也嚐嚐別種吧？」

格蕾像小動物的反應也滿足了我的嗜虐心態，我的手再度伸進行李箱。

「鏘。」

這回我拿出酒瓶。

「……這是酒嗎？」

「呵呵呵，這家店的巧克力套組賣點是搭配香檳。不過，這次的是連酒精成分也蒸餾掉的無酒精葡萄酒，要不要喝一點？」

此外，在我國英國只要父母准許，兒童從五歲起就能在自家喝酒。因此無酒精葡萄酒也充滿現在才喝也太遲的感覺，不過這也是顧及時間、地點與場合。

我還拿出兩個攜帶用酒杯，倒好格蕾與我的酒後交給她。

吃一口巧克力。

在濃郁的甜味殘留舌頭上時，喝一口葡萄酒。

享受溶化擴散的甜味與葡萄清涼的風味化為渾然一體，擴散到喉頭的感覺。

「對了，別客氣，可以再多吃一點。」

我將還剩超過半盒的巧克力遞給小口小口啜飲著無酒精葡萄酒的格蕾。

「啊，不……這樣就夠了。」

「哎呀，妳吃得真少。」

「……老師也這麼說。」

少女有些歉疚地縮縮肩膀。

不過，那句很好吃看來不是作假，她開心地雙手捧著酒杯好一陣子。

「對了……那個……」

「嗯？」

格蕾拘謹地垂下目光向我攀談。

「為什麼眼珠的顏色會不一樣呢？」

格蕾是暗指我的眼珠平常都是燃燒般的紅色。

現在應該是鮮豔的藍色。

我輕輕觸碰眼皮附近，露出微笑。

「喔，說起來這才是本來的顏色——哎呀，差不多得補上了。」

我點了從懷裡拿出的眼藥水。

我閉上雙眼一會兒，等藥水浸潤眼睛後睜開。

「我的眼睛是一種魔眼，副作用是接觸到魔力會染成紅色。」

這也是生於魔術師家系的附帶贈品。

不過，我家本來只不過是亞奇伯的分家，能力不夠完善也沒辦法。老實說，這魔眼比較常礙事，儘管如此，在鐘塔裡代表著相當的身分地位。

「鐘塔裡充滿了魔力我並不在意，可是紅色眼瞳不適合出現在公共設施吧？以魔術師的本意來說太過顯眼了。」

我輕聲發笑。總之是外出作客用的裝扮，和盡可能穿黑色衣服參加葬禮一樣。正因為身為魔術師，才應該重視時間、地點與場合。

電車外的風景匆匆掠過。

一離開倫敦，田園和森林立刻增加了。隨著電車搖擺，我的緊張感也漸漸消融。反正到了目的地後就得強制進入緊張狀態，起碼現在讓精神休息一下是最好的。

經過半晌，格蕾下定決心地抬起頭。

「……我可以問問這次的事由嗎？」

「妳是說黃金公主和白銀公主吧。」

「是的。」

少女頷首。

「好了，從哪裡說起呢？」

我深深靠上座位，思索一會兒後說：

「這個嘛，是創造科君主巴爾耶雷塔（巴爾耶）的親戚。創造科的魔術師本來就幾乎都是某種形式的藝術家。儘管志在哪種藝術千差萬別，但名為伊澤盧瑪的家族代代熱衷於創造『最美的人類』。」

我又吃了一顆手邊的巧克力。

這次是百合造形的巧克力。比較不苦，優雅的甜味在舌頭上溫柔地化開。

「最美的人類……嗎？」

「我等為什麼認知到美？」

我流暢地說出像是跟兄長交談的內容。

「不過，畢竟常有人說認知會影響到魔術。當他們判斷新一代的黃金公主與白銀公主完成時，舉辦初次露面的宴會已成慣例。雖然這是我第一次目睹。」

「那就是……黃金公主、白銀公主。」

像要烙印在腦細胞裡一樣，少女反覆呢喃。

接著，她如此問道：

「妳是不是有頭緒……覺得會發生什麼事？」

「為什麼這樣問？」

意外的問題讓我反問，格蕾停頓一下之後回答：

「……剝離城阿德拉的時候……我也覺得萊涅絲小姐預料到會發生某些事件……這次也是……妳會想找我一起來，不也是出於那種理由嗎？」

「真是敗給妳了。直覺真敏銳。」

我拍了一下額頭。

儘管我無意小看這名少女，但她似乎在不知不覺間學會注意人類的細微之處——不，應該說產生了興趣嗎？那句讓兄長皺起眉頭的「我覺得我必須更加認識鐘塔才行」，應該也出自於那樣的變化。

「有傳聞說，冠位(Grand)之一會來參加這場初次露面的宴會。」

因為不是什麼需要隱瞞的事情，我坦率地吐露。

「冠位……是魔術師的最高階位嗎？」

「沒錯。」

我點點頭。

冠位。

色位(Brand)。

典位(Pride)。

祭位(Fes)。

開位(Cause)。

長子(Count)。

末子(Frame)。

以上是鐘塔中主要的階位。

如同所看到的，最高階位是冠位，最低階位是末子。

「不過，事實上的最高階位是色位。甚至連大多數君主都止步於此。即使是我從前的義兄肯尼斯．艾梅洛．亞奇伯也無法再上一層樓……不過，如果他能夠長壽百歲，搞不好也並非沒有機會。」

「……老師的……上一代嗎？」

格蕾對於那個名字有所反應，顫了一下。

說不定是有什麼想法。

或者是她看過兄長煩惱某些事情的場面。

他會自稱為艾梅洛閣下Ⅱ世，當然是因為對於上一代的死抱有某種愧疚感或罪惡感，不過對我而言，只能說看得很愉快。只是，連寄宿弟子都因為那件事感到煩悶的話，我倒也認為不是沒有餘地多為他考慮一點。

……不，雖然那樣我也看得很享受喔。

總之，我繼續原本的說明。

「嗯，因為這樣，冠位魔術師是甚至在鐘塔也極少有機會拜見的對象。因為抵達那種最深處的人，就連對魔術師也幾乎不願意扯上關係。」

「……我明白了。」

格蕾似乎也理解了。

「……對了，老師的祭位是怎麼樣的？」

「那也很特殊。」

我忍不住露出苦笑。

儘管一般算起來會是第四階位，但這個稱號被賦予了特殊條件。簡單來說，這是頒發給在一般的魔術師能力以外，對於不得不給予評價的特殊技能與實際功績的榮譽階級。如同卡巴拉的生命之樹(Sephirothic)中象徵美的美麗(Tiphareth)——該說是美則無求吧。

「美則……無求。」

格蕾複誦道。

這與這次的黃金公主話題相似，無法說是單純的巧合。亦即渴望美的性質，對魔術師而言，在某種程度上可以普遍化。用兄長的風格來說，大概是測量人類的認知是魔術師的基本性能之一吧。

「不過，出於那種性質，祭位往往容易縈繞著與其他位階不同的意味。」

作為魔術師的能力好壞不一。依情況而定，甚至有超越色位的魔術師處於這個階位。

例如，作為傳承保菌者(Gods Holder)，操縱傳承自神話時代之禮裝的執行者。

例如，能輕鬆再造受損魔術刻印的修復師。

對於不僅限於區區魔術師領域，龐大異能的畏懼。

或者是——

「……當然，兄長的情況是學生的能力受到評價肯定。」

自覺到自己忍不住浮現壞心眼的笑容，我往下說道。

「因為他是講師，學生受到評價是件好事。可是，因為這點獲得評價勉強晉升祭位，對起碼身為君主的人來說堪稱前所未見。」

因為教學若未受到評價肯定，他是開位或長子也不稀奇——我忍不住補上最後一擊。順帶一提，根據我個人的評斷，兄長作為魔術師的能力是排名很落後的開位。儘管遠比剛入門的新世代好得多，但個人本領不值得一看，是平凡中的平凡。

若要說得更詳細，就是家系擁有的位階與個人擁有的位階是兩回事，要是其中落差巨大又更是一場悲劇，但說起來很複雜，就別說了吧。

「……對、對不起，我開始覺得有點混亂。」

或許是一次接收過多資訊，格蕾的表情變得有些狐疑。

她彷彿隨時會發燒般頭昏眼花，呻吟著按住太陽穴。她不像自己想的一樣愚笨，不過或許是不習慣井然有序地整理大量資訊吧。她屬於一次納入所有東西的類型，不適合臨時抱佛腳。

儘管這一點也讓我忍不住想捉弄她。

「不過，接下來靠臨場發揮總有辦法的。」

我揚起嘴角。

✦ 第二章 ✦

1

從倫敦搭乘西海岸幹線約三個半小時，在途中的奧克森霍姆站轉車後，不久就抵達溫德米爾。

湖區。

英國為數不多的知名渡假勝地，是一片風光明媚的土地。如果說是彼得兔的故鄉，大概有些人會知道吧。彼得兔的作者碧雅翠絲（Helen Beatrix Potter）．波特將她鍾愛，受到山巒湖泊環抱的風景，與棲息在那片牧草地上的野兔群化為圖畫書，至今依然在全世界閱讀流傳。

下了火車，馬上就有一輛馬車等著，辨認出我們的身影後，貌似車夫的人摘下帽子行禮。

「恭候大駕，您是萊涅絲．艾梅洛．亞奇索特小姐吧。」

車夫詢問。

「拜隆吩咐我前來接您，請上車。」

「那我就不客氣了。」

格蕾左顧右盼地望著我，但我悠然地點頭。這時候婉拒也沒有任何意義。我一手提著行李箱迅速坐上馬車，催促後面的格蕾也跟上來。

馬匹挨了一鞭，嘶鳴著邁開步伐。

平地當然不用說，馬車在相當險峻的山路上也優雅地前行。

明明是由動物拖行，卻幾乎感受不到上下震動，大概是某種魔術的效果。說不定就像我對行李箱施加的重量操作魔術，或是對車身施加了一點浮游魔術。

不久後——

「……好像看得見了。」

我用下顎比向車窗。

有兩座塔佇立在湖畔。

用現代基準來說，那棟建築物的規模不算巨大，頂多相當於四層樓高的大樓。只是兩座塔莫名傾斜聳立的造型十分酷似。

「那兩座塔好像稱作雙貌塔，或是綴上管理這片土地的家族名稱，稱之為雙貌塔伊澤盧瑪。」

「雙貌塔伊澤盧瑪……」

格蕾喃喃地覆述。

「東側是陽之塔，西側則是月之塔。」

也許是聽見談話內容，車伕的聲音傳進馬車裡頭。

陽之塔。

月之塔。

也就是指太陽和月亮吧。不過對我個人而言，印象上更像等待獵物落網的蟻獅。

工房當然不用說，魔術師的領地首先會優化為最契合該家族的狀態。簡單來說，領地就像要塞一樣，甚至連一捧沙、一口空氣都不知道何時會與我們為敵。非比尋常的緊張感讓我不禁揚起嘴角。

這一次，馬車在月之塔旁停下。

「會場在這邊——那麼，請玩得盡興。」

車伕領首致意。

我們下了馬車，沒多久後，那名車伕與馬車融化了。

宛如童話故事一般，剩下的只有一個小玩具兵和一輛小馬車。

「不愧是創造科的正統分家，很擅長這類把戲嗎？」

當我不禁發出呻吟——

「——承蒙讚美，真是光榮。」

低沉的男中音響起。

「歡迎光臨，艾梅洛的小姐。」

一名留著鬍子，年約四十五歲的紳士在塔的入口恭敬地彎腰行禮。一頭棕髮的他身穿朱紅色西裝，也許是腿部不便，一手拄著拐杖。

「我是拜隆．巴爾耶雷塔．伊澤盧瑪。感謝妳遠道而來。」

「伊澤盧瑪的當家嗎？恕我未能及時問候。」

我盡可能恭敬地鞠躬。

雖然我也是名列十二君主的當家候補，但目前將席位讓給了兄長。考慮到亞奇索特本來是邊緣中的邊緣，單論門第應該是對方略勝一籌。

拜隆卿微笑地點點頭，一手指向塔的入口。

「請進，宴會已經開始了。」

2

大廳的天花板很高，充滿莊嚴的光輝。

地面鋪著彷彿一踩下去就會陷沒到腳踝的絨毛地毯，冰冷的空氣很舒適。眾人有說有笑的影子，令人聯想到幻想的風景。實際上，由於聚集於此的人幾乎都是魔術師，這正是夢的世界。

夢啊，躍動吧。

因為汝乃夜之話語的編織者。

「托利姆，我允許妳自我判斷。」

「遵命，主人。」

冰冷的聲音回應我簡短的低語。

事先從行李箱取出的水銀已經在我背後形成女僕外形，不過為了慎重起見，我下命令(Comand)讓她能夠自律行動。

這時，我的魔術禮裝望向大廳，一本正經地說：

「……簡直像堆糞山！(I didn't know they stacked shit that high)」

因為她說話的模樣莫名地充滿自信，令我忍不住想揍她。嗯，這肯定是從費拉特灌輸她的B級片或什麼的。幸好其他人沒聽見，之後我要宰了費拉特。

突如其來的發言讓旁邊的格蕾不知所措，深深壓低兜帽，十分小心觀察起四周。雖然她也令我很擔心，但看起來不會像托利姆瑪鎢一樣語出驚人，稍微能放心點。

我聽見華麗的音樂。

調子讓人聯想到遙在遠方的悠遠大海。

吹響的小號音色高亢；鋼琴編織出纖細的主旋律；雄壯的低音大提琴支撐著底層。優美的音樂兼具令人想跳起踢踏舞的輕巧。

「拜隆大人偏好爵士樂嗎？我本來以為一定是古典樂。」

而且還是一九三〇年代的曲子——好心情（In the Mood）。（註：作曲家喬．加蘭（Joe Garland）於1939年創作的爵士樂熱門名曲）

這首曲目在卡內基音樂廳的演奏也堪稱傳說，但若非兄長有不時在公寓聽老唱片的習慣，我應該也不會知道。我也滿喜歡兄長在老古董黑色圓盤上緩緩放下唱針的身影。

只是這一次，應該關注的是樂團。

（……機關樂團嗎？）

無論是小號、鋼琴還是低音大提琴，都是由樂器後方身高大約只有人類一半的機關人偶演奏。創造科的這一面近似現代科學，不過決定性的差異在於驅動他們的不是微晶片和電源，而是暴露在月光下的絲線與構成幻想種骨骼的齒輪。如今仿製人體的概念已經完全衰退，有能力創造出如此精緻人偶的魔術師應該為數不多。

機關人偶們流著汗自豪地持續演奏音樂，證明它們並非只是重播音樂的機器，而是專精於演奏的新「生物」。

「…………」

我突然將那副樣子與我們重疊在一塊兒。

不──

實際上，這些自動人偶和我們究竟有什麼差異？

因為我們同樣是花費數百年改造自己，專精於神祕的生物。就算自認作為遠離俗世的超人得到了睿智，不也是和在某人建構的舞台上持續轉動的固定齒輪一樣嗎？

（……不行，和那位兄長相處會被多餘的思考傳染。）

我微微搖頭，茫然地望向周遭。

大廳裡聚集了許多人。

在場大概有數十人，所有人都是魔術師。有人手端緋紅的葡萄酒，有人在享受華麗的音樂，沉穩地談天說笑。

……至少乍看之下是如此。

「……萊涅絲小姐。」

有人揪住我的衣襬。
「什麼事，格蕾？」
「不是的，我們要怎麼辦？妳在會場內有熟人嗎？」
「不。」
我向悄聲發問的少女淡淡地笑了。
「首先要『見』。」
我收斂氣息，緩緩地環顧會場大廳。
我不經意搜尋聽到的對話和詞彙，在腦海中建立包含人物地位與立場的關係圖。
「……那邊是特蘭貝利奧、特蘭貝利奧、特蘭貝利奧、梅爾阿斯提亞、特蘭貝利奧、梅爾阿斯提亞、特蘭貝利奧……唔哇，不愧是特蘭貝利奧派的社交聚會。巴露忒梅蘿派系幾乎掛零，四面楚歌也該有個限度。」
我想起中國的典故，同時發出嘆息。
從魔術師社交聚會的性質來看，確認派閥比例是當務之急。
雖然這是在初次造訪的地區舉辦的集會，大多數都是生面孔，但畢竟我從童年就習慣了參加社交聚會。只要看到對方的服飾與言行舉止，我有自信能大略辨識出其派閥。啊，順帶一提，兄長在這一點上也不及格。出自新世代暴發戶的悲哀，讓他非常不了解魔術師立場的細微之處。

「……呼嗯。總計比例是特蘭貝利奧六成、巴露忒梅蘿一成、梅爾阿斯提亞三成左右嗎？」

「這些是派閥的名稱嗎？」

「算是吧。民主主義代表特蘭貝利奧、貴族主義代表巴露忒梅蘿，以及什麼都不在乎只要能做研究的梅爾阿斯提亞。」

我盡可能淺顯易懂地回答格蕾的問題。

——如同剛才所言，鐘塔的派閥大致分為三派。

以巴露忒梅蘿為首，也是艾梅洛所屬的貴族主義派閥。

以特蘭貝利奧為中心，包含巴爾耶雷塔的民主主義派閥。

以梅爾阿斯提亞為代表的中立派閥。

粗略地做個整理，分歧點在於鐘塔該交給更優秀的貴族血統來經營，還是從血統不怎麼樣但更有才能的年輕人中招募人才管理。

不過，到頭來還是魔術師，所以無論聲稱貴族或民主都沒有太大的差異。問題在於是否同意從魔術師這群經過篩選的人再篩選一次。

「……我大概明白了。艾梅洛是貴族主義吧。」

「大致上是。不過，這部分在近年來也變得很複雜。」

艾梅洛主張貴族主義，起因在於我的義兄——即上一代艾梅洛閣下去世前曾是鐘塔數一數二的大貴族。然而非常遺憾的是，如今的艾梅洛並未殘存那麼強盛的權威和財力。

倒不如說，現在開辦了率領新世代的艾梅洛教室，艾梅洛實質上比較接近特蘭貝利奧等人的民主主義。加上先不提艾梅洛派閥，我兄長本身的言行不逢迎保守也不逢迎革新，看在貴族主義領袖——巴露忒梅蘿眼中當然會認為「你們在我們派閥謀生不是嗎？在想什麼啊？」，處於這種狀態。

啊，當然，不小心當真變節的話必死無疑。

別說十二君主，在三大貴族中也被視為最大勢力的巴露忒梅蘿可非虛有其表。豈止祕密動手，艾梅洛應該會被他們公然擊潰吧。

「畢竟對上掌握法政科的巴露忒梅蘿，魔術不用多說，在權力方面也毫無勝算。」

「咦？巴露忒梅蘿是法政科嗎？」

格蕾歪歪頭。

「嗯。有什麼奇怪的嗎？」

「不……聽說是十二君主，我還以為一定是主要十二學科各有一名……因為聽說法政科列於十二學科之外……」

原來如此，她是這樣理解的嗎？

倒不如說這樣才尋常。雖然這種事似乎會在鐘塔上課時記住，不知道多半是她與人交流不多所致。

「這其中有些緣由。現代魔術科的確是主要學科，但最近才有君主就任……」

說到一半，我的視線轉向一旁。

氣氛險惡的對話聲傳入耳中。

「哦？你們妄想著憑那種淺薄的血統，在魔術尊貴的歷史上留下什麼痕跡嗎？」

「你們以為在魔術衰退至此的現在，只靠自己就能維持魔術嗎？你們何時才會清醒，認識到那是無法挽回的幻夢？」

「……妳瞧，立刻上演了。」

我裝作若無其事地低語。

老奸巨猾的魔術師在爭論時會更隱蔽一點，但年輕人按捺不住，當雙方都喝醉時更是如此。今天的社交聚會邀請的客人，年齡層略偏年輕。

「你想說現在的鐘塔少了新世代也能維持嗎？」

「哈哈哈。鐘塔本來就是為了貴族(Lord)而建立，沾光分到幾口湯就自以為了不起了嗎？」

以兩人為中心，雙方的派閥慢慢地充斥著緊張感。

儘管不會像艾梅洛教室的那些笨蛋一樣立刻演變成魔術戰，但險惡的氣氛立即在會場內擴散——

「好痛痛痛痛……噗、噗好意思～！」

一個人影腳步晃晃蕩蕩地橫穿而過，介入兩人之間。

雙方派閥都沒料到的插曲讓魔術師們眨眨眼，好像喝得醉醺醺的年輕人大大地揮手轉圈。

葡萄酒杯劃出拋物線飛上半空。

「啊。」

聽到我的聲音，格蕾小聲呢喃。

年輕人大字型地倒在地上。

他吐出滿是酒氣的呼吸，強烈得令人有點受不了的體味凌辱著周遭。宴會明明應該才開始不久，他到底猛喝了多少酒？

「噗、噗、噗好意思。我向大家賠禮——」

那人口齒不清地像毛毛蟲一樣爬行著，再度反胃地摀住嘴巴。

由於太不堪入目，周圍眾人感到極其掃興。魔術師們互瞥一眼，深深地嘆一口氣後紛紛散去。他們宛如在遠離全世界最糟糕的髒東西，被留在原地的年輕人感到非常不適地按住腹部。

「……哦？」

我輕輕發出佩服的吐息。

「請問……」

聲音從背後傳來。

格蕾接住了剛才飛上半空的葡萄酒杯。

一滴也沒灑出來──是否如此不得而知，但酒也同樣盛在杯中。即使沒有亞德，這名少女的反射神經也十分卓越。

「接得正好。」

我接過玻璃杯，遞給搖搖晃晃地站起身的年輕人。

「請。」

「不、不好意思。」

年輕人臉色發白，以顫抖的手指緊緊抓住玻璃杯以免掉落。

失去興致的魔術師們已經散開，我遞出杯子，同時在他耳畔悄悄低語。

「不客氣──這種手段用來平息紛爭相當有效喔。」

啊唔！──我說完後，年輕人發出呻吟。

「……我顯得很刻意嗎？」

「不，沒問題。因為大多數的魔術師自尊心都很強，想不出暴露自身醜態這種主意。你的演技確實是跑龍套水準，但表演沒有問題。」

我忍不住揚起嘴角。

也許是因為他不符合魔術師風格的方法論很像某個人。

「再說，你真的喝醉了吧？怎麼辦到的？」

「……這個是吃了能瞬間醉酒的藥。」

年輕人從西裝內袋裡取出小藥丸。

「然後，這個是醒酒藥。」

手掌翻過來，食指和中指之間夾著另一顆藥丸。

配著剛才的紅酒服下那顆藥丸不到十秒鐘後，年輕人渾身的毛孔就不再散發出酒味。

「……真有一套。」

我實話實說，而年輕人害臊地搔搔臉頰。

「我姑且也是藥師。」

「哦？你屬於植物科（尤米納）？」

「不是。」

咳咳……臉色發白的年輕人用衣袖摀著嘴咳嗽，露出微笑。

「是傳承科（布里希桑）。我名叫邁歐．布里希桑．克萊涅爾斯。」

「喔，是布里希桑的人。」

是名門。

雖然沒有如巴露忒梅蘿那般的權力，這個門第在歷史和研究的實績上毫不遜色，是典型的中立派。不愧是傳承科，其魔術性質的多樣性無人能出其右，在鐘塔也被視為保有最多罕見文獻的學科。

中間名是布里希桑，代表他是家系成員或在成員的庇護之下。多半是分家的人，不過光是有布里希桑的人到場，就看得出這次雙貌塔的露面宴會關注度之高。

（……還是說，他的目標也是冠位？）

當我想到此處時——

年輕人目不轉睛地注視著我背後。

「那個魔術禮裝——難道是艾梅洛的？」

發現他指著托利姆瑪鎢，我也很意外。

「哎呀，你知道？」

「是、是的！」

自稱邁歐的年輕人振奮地點點頭。

「那位赫赫有名的艾梅洛閣下完成的月靈髓液（Volumen Hydrargyrum）！『流體操作』的機能美！啊啊，沒想到竟會在這種地方碰見！不、不好意思！我可以摸一下嗎！」

我才剛說完，邁歐的手指迅速滑過水銀女僕的身軀，開始發出像小孩面對玩具區的

「……呃，那是無妨。」

「哇啊啊啊啊～」聲響。

「啊啊……好厲害。不用衰退的仿製人體概念，只讓『流體操作』與『人格賦予』的結果採取最適合的形態。容器遵循內容雖然自相矛盾，但作為魔術是正確的。為了得以維持最低限度的魔力，也組成整體循環的機制。這是妳的成果嗎？」

「……嗯、嗯。不過兄長有提供建議。」

「兄長！那麼，妳是——」

他說到一半時，新的聲音傳來。

「邁歐。」

說話的聲調很溫柔。

「——熱衷於研究是很好，不過你碰觸其他家族的魔術禮裝時最好再小心一點。你這樣就算送命也沒得抱怨喔。」

那句話令邁歐回頭。

那是一位戴眼鏡的女子。

從柔和的氣息判斷，她似乎是東方人。大概是日本人？我漫無邊際地想著。儘管在那

個極東地區有其他組織和魔術紮根，但或許是因為也同屬島國，在鐘塔也莫名的經常看到日本人的身影。

「哎呀，不好意思，蒼崎小姐。」

「不客氣？我覺得你剛才勸架的手法很不錯。」

她接著轉向我們。

「初次見面，我叫蒼崎橙子。」

女子有一頭色澤黯淡的紅髮。

雖然是東方人少見的顏色，我覺得大概不是染的。因為儘管與自己的眼睛不同，但那是貼近這名女子本質的色彩。

只是，我也覺得這件事絕不能說出口。

不——

因為在那之前，女子的名字讓我感到戰慄。

「……蒼崎……橙子……？」

我的嗓音嘶啞得不成樣子。

表情多半也是不想留下記錄的慘樣才對。

「妳是封印指定的……」

「封印指定？」

不理會微歪著頭的格蕾，我像具稻草人般呆站著不動。

那是給予具備特殊才能的魔術師的稱號，也是協會下達的敕令。

單純的學問和鑽研無法修得的魔術——因為珍惜只能靠其血統、體質才得以實現，且只限一代魔術的保有者，協會發出命令，決定親自永久保存他們。正因為如此，封印指定對魔術師而言是最大的榮譽，亦是致命的烙印。

畢竟一旦遭到保存就無法繼續做研究。若是出色得足以受到封印指定的魔術師，他們都不會吝惜性命，反倒不可能放棄研究。所以，遭受封印指定的魔術師大多引退，悄悄藏匿行蹤，或者躲在自己的領地內。

至於這位蒼崎橙子——

「封印指定在幾年前就解除了。」

女子輕柔地微笑著低語。

那正好是我很可能發出尖叫的時機，我只能認為，我從認知到遭受衝擊，轉而行動的時間都在她預料之中。如果這名女子是暗殺者，要割斷我的咽喉應該也很輕而易舉。

我大大倒抽了一口氣。

透過不該當眾做出的深呼吸，總算恢復清醒。

「……這樣啊，妳是其中之一？」

我這麼說。

原本，一旦下達的封印指定即為絕對。

只是幾年前，發出封印指定命令的鐘塔最古老教室發生重大異變。

祕儀裁示局．天文台卡里翁，發生了與世紀末相稱的重大事件，也對鐘塔整體產生劇烈的——比我的義兄艾梅洛閣下去世時更劇烈的——衝擊，據說當時有幾個人的封印指定解除了。

眼前的女子正是當事人嗎？

還有，那個事實也證明了我聽到的另一個傳聞。

「——格蕾，這一位是我提到過的冠位。」

灰色的少女肩頭一顫。

沒錯。

她正是曾受到封印指定的幻之冠位。

我原本打算先慢慢看看戰場，卻突然遇上四處徘徊的最終頭目。我的兄長肯定會嚷嚷著「這種爛遊戲哪玩得下去！」，將遊戲控制器丟到一旁。

「初次見面。我叫萊涅絲．艾梅洛．亞奇索特。」

我壓下震撼，恭敬地鞠躬，而橙子淡淡地微笑。

「我知道妳。因為上一代艾梅洛以前請我幫他做過一點工作。」

「上一代……？肯尼斯．艾梅洛．亞奇伯嗎？」

「沒錯。」

她豎起食指抵著嘴唇，彷彿在說詳情之後再談。

對了，這名女子實際上幾歲呢？雖然從外表看起來只像二十五歲左右，但考慮到她遭到封印指定的時期，應該有些出入。當然，魔術師的外表年齡不太靠得住，對於既是冠位又受到封印指定的超出常規人物來說，時間的制約等等更是遙遠。

不過，上一代當家的名字出現時，我覺得有點可惜。

因為我心想，如果能讓兄長和她碰面，可以看到他多麼苦澀的表情呢？

「哎呀。」

橙子的視線投向格蕾。

「…………？」

「妳有張有趣的臉孔呢。」

當女子仔細地注視著她，正要伸出手時——

大廳深處傳來歡呼聲。

「——看樣子是黃金公主登場了。」

橙子也回過頭。

大廳深處是通往二樓的螺旋樓梯。在二樓像露台延伸出去的部分，佇立著一對像是雙胞胎的女僕。她們的身影與對方一模一樣，端正的容貌足以讓人誤會她們是黃金公主、白銀公主。

兩名女僕拈裙行屈膝禮(Curtsy)後，向背後呼喚。

「蒂雅德拉大人——」

「艾絲特拉大人——」

「請進。」

兩名女僕同時說出最後一句話。

紫色的禮服緩緩地自露台陰影處分離出來。

「——」

時間被撕碎了。

所有的感覺在這一剎那喪失。不，連同剎那這種陳腐的詞彙一起彈飛出去。

俯瞰我們的眼瞳宛若神話的寶石；理想的鼻梁肯定是天堂的雕刻家賭上靈魂削成的作品；閉合的嘴唇讓人聯想到樂園的花瓣，泛著絕對不會失去的青春光輝。那名女子僅僅身為那名女子就■，讓每一個形容都變得可笑。

在喪失一切形容詞盡頭的某種事物。

起碼作為魔術師者不可輕易說出口——只能以「　　」形容的終結地點。

「我是襲名黃金公主的蒂雅德拉．巴爾耶雷塔．伊澤盧瑪。」

即使認知到那個聲音，在場的魔術師們還需要幾分鐘才恢復神智。

有好幾名魔術師就連手中的酒杯掉落，鞋子染上了葡萄色的汙漬也沒發現。也有人呆站著不動，直到完全停止呼吸陷入缺氧狀態，甚至有人當場跪倒涕泗滂沱。

如果這是魔術施加的心理攻擊，誰都不會當一回事吧。因為聚集於此的人都是頗有實力的魔術師，身為魔術師者首先要武裝自己的心靈——正是一開始就會學到的事項。正因為那是非常純粹的[redacted]，他們培養出的心理防衛術式才會比紙張更輕易遭到撕毀。

說來丟臉，我也不例外。

我甚至連自身意識斷絕這一點都沒察覺。

「我是襲名白銀公主的艾絲特拉．巴爾耶雷塔．伊澤盧瑪。」

坦白說，第二個人已在認知之外。

一方面是因為她戴著面紗遮住臉龐，不過我們的認知能力早就超出負荷了。

環顧周遭，大多數人都尚未恢復意識。目睹天主到來的信徒說不定也會出現同樣的反應。有幾個人按住眼睛，大概是受到衝動驅使，想戳瞎眼球讓這幕景色作為最後看見的畫面。之所以壓抑得了那股衝動，也是出自於或許能再次看見同樣的■的膚淺欲望吧。

「……原來如此。」

從身邊響起的聲音，使我總算回歸現狀。

「……那就是黃金公主嗎？儘管聽過傳聞，沒想到達到了那種境界，不得不讚賞伊澤盧瑪的歷史呢。」

橙子低喃。

她的口吻變化很大，讓我一瞬間閃過一絲懷疑，發現女子的臉上發生了變化。

橙子手中拿著眼鏡，垂下眼眸。

「嗯。我也有些震驚，所以切換了一下。」

「切換？」

「切換一下性格。」

橙子重新戴上眼鏡，對我點頭致意。

那時候，她已經恢復方才的氛圍。魔術師中也有不少人為了做研究，蓄意引發人格變異，因為有利於學習特定技術的人格存在。我想她應該是這類的例子，也不再多加留意。

「不好意思，我要離開一會兒。可以嗎，邁歐？」

「啊，嗯……好的。」

在周遭眾人仍處於茫然時，橙子和藥師邁歐離去。

當我避免不慎去看到黃金公主，同時準備先搖醒格蕾之際。

清脆的掌聲在宴會廳內迴盪。

「——了不起，拜隆卿。」

大約年過七十的老婦人拍著皺紋深邃的雙手。

她有一頭宛如狼一般高貴的銀髮，身穿著時髦的綠色禮服，挺直背脊，送上爽快的掌聲。配上她毅然的態度，那清脆的聲響甚至讓茫然自失的魔術師們都重振精神。

「巴爾耶雷塔閣下。」

某個人說道。

隨著那個名號響起，黃金公主與白銀公主再次由兩名女僕領回露台陰影處。祈禱時間停止的魔術師們發出呻吟，究竟有多少人盼望就此死去呢？

音樂也換上新曲目。月光小夜曲（Moonlight Serenade）。（註：爵士樂手格倫．米勒1939年創作的爵士樂名曲）

然後，老婦人調頭朝我們走來。

「我的笨弟子直到剛才似乎還待在這裡啊？」

她露出意有所指的微笑，愉快地轉動威士忌酒杯。

面對這個對象，我也不得不嚴肅以對。

「久疏問候，巴爾耶雷塔閣下。沒想到連妳也大駕光臨了。」

「喂喂，這是分家的大日子，不管我有多忙碌也不可能不來。」

呵呵，她輕聲發笑。

布滿皺紋的臉孔皺得更加厲害，生命力如此洋溢的老婦人也很少見。她一口喝光威士忌，從剛好走過來的人工生命體手中的托盤上拿了杯新酒，再度轉起杯子。

「……巴爾耶雷塔閣下？那麼，是創造科的……」

格蕾悄聲詢問。

對了。除了兄長以外，這或許是她第一次實際遇見君主。

「沒錯，她和兄長一樣——是鐘塔的十二人之一，創造科的君主。」

「——很久沒看過妳和托利姆瑪鎢以外的隨從同行了。」

老婦人很感興趣地開口。

臉上依然帶著滿意的微笑——

「依諾萊．巴爾耶雷塔．亞特洛霍姆，多多指教。」

她舉起右手。

灰色的少女也怯生生地握住她的手。

「……我是守墓人格蕾。」

兜帽微微上下晃動，她頷首示意。

雖然不符合正式禮儀，但依諾萊似乎不在意，而我補充說明。

「她是兄長的寄宿弟子。」

「哦？看起來很能幹。」

「啊、呃，那個……但我不是魔術師。」

格蕾開始找藉口，不過說明這一點的話事情會變得更復雜，所以我刻意加以忽視。幸好依諾萊也沒有深入追問，只是大大地點個頭。

她的目光倏然轉回我這裡。

「那麼，怎麼樣？差不多有意改換派閥了嗎？」

看著滿臉微笑的老婦人，我覺得心臟被一把抓住。

如同先前提及的，艾梅洛好歹是貴族主義的一派。巴爾耶雷塔屬於民主主義的特蘭貝利奧派，如果答應她，區區艾梅洛將被瞬間擊潰。

「不，還請饒過我們。弱小門第光是生存下去就竭盡全力了。」

「唔。既然都提出了邀請，我們也有意庇護艾梅洛。如果那位艾梅洛閣下II世優先為我們執教，轉讓一兩個教室給你們也可以喔。」

「唔……！」

我不禁結巴。

這堪稱破格的條件。教室的權力確實沒那麼了不起，但巴爾耶雷塔持有的教室皆為在鐘塔也數一數二的靈地，不論轉讓哪一個給我們都能提高身價。

「……很可惜，我們沒有足以運用如此優異靈地的能力。」

我需要幾秒的時間才能回答。

「真遺憾。」

「感謝妳的邀請。不過，我兄長是什麼地方讓妳如此看中呢？」

「這不是妳該說的話吧？我當然十分期待艾梅洛閣下II世的本領，但看到原本艾梅洛教室的情況，提拔他擔任君主的人是妳吧。」

「一半是順勢而為。」

依諾萊的話聽得我微露苦笑。

就是因為這樣，消息靈通人士才難以應付。如果她像眾多貴族主義者一樣輕視我，那還輕鬆得多。

此時——

「……請問……」

非常客氣的聲音響起。

知道話者是格蕾，依諾萊催促她說下去。

「嗯，怎麼了？」

「……為什麼巴爾耶雷塔不屬於貴族主義呢？」

「──────！」

格蕾的問題令我不禁張大了嘴。

在某種意義上，這個問題比托利姆瑪鴿更不懂得察言觀色──就像用手指戳進別人的傷口一樣。

「格、格蕾……」

「我聽說創造科的魔術師幾乎都是藝術家。藝術不是貼近貴族的活動嗎？」

這是個非常單純的問題。單純而致命，也像淬毒竹槍的問題很可能一擊刺中要害，造成堆砌積起的混凝土牆崩塌。

對於她的詢問，依諾萊大笑。

「哎呀，妳真不錯！有幾十年沒人問我這種問題了！」

她的笑聲太過爽朗，甚至好幾名魔術師看了過來。

只是，若是在鐘塔也名聲響亮的女中豪傑──巴爾耶雷塔閣下，任何人都不敢一直盯著她看。

依諾萊毫不在乎匆匆撇開頭的魔術師們說：

「因為藝術，首先是為了撼動當代人的心靈而存在。」

「當代人嗎？」

格蕾不解地歪了頭，老婦人悠然頷首。

「沒錯。常有人認為，經過時代的洗禮才是真正的藝術，但那已經不是藝術，而是叫作歷史。當然，歷史有它應該尊敬的價值，貴族主義的那些人好像很重視，不過那並非我們追求的事物。」

老婦人瞇起眼睛。

從她的口吻可以明白，她認為價值這個詞彙絕非只以現實和歷史作為依據，還注視著遙遠彼方的理想。

「美麗很美好。就算只有短暫一瞬間，光是存在過就有其價值。我們唯一要做的，是奔跑穿過這一剎那——同樣地，現在這個時代應該不拘於過去的血統，由當下的人經營，這是我們的信念。」

她宏亮的演說，確實充滿了率領一個派閥之首席魔術師的自豪。

「……我勉強明白了。」

格蕾點點頭。

雖然勉強這種說法在字面上有些模糊，但光是從表情就感受得到她認真地沉思過。

「喔喔，真開心。既然妳也是艾梅洛II世的寄宿弟子，隨時來拜訪我們也沒關係喔。」

依諾萊也開朗地提議，但眼神同樣很認真。

依照這名老婦人的特質，我完全不知道她會從何處發動迂迴攻勢，不得不重新緊張起來。

（……唉，真討厭。）

當自己受到波及，哪怕是我也沒有餘力嘲笑兄長的煩惱。

當我後悔不及時，出現了另一個人影。

先前那位紳士拄著拐杖快步走來。

拜隆・巴爾耶雷塔・伊澤盧瑪。

「您在這裡啊，依諾萊大人。」

「哎呀，拜隆卿。我玩得很愉快。」

老婦人再度一口飲盡威士忌，而紳士把臉湊過去低語。

「我有點事想和您談談。」

「哦？」

接下來的耳語讓依諾萊的表情微微一動。

然後——

「那麼，我先走了——下次再見，艾梅洛的小姐與寄宿弟子。」

老婦人露出仍舊雪白的牙齒笑了。

3

結果，我在那之後一如往常地四處寒暄，社交聚會落幕。

我還以為黃金公主、白銀公主會下來大廳並向大家介紹，但宴會上沒有那種活動。不過面對如此驚人的[redacted]，在場的魔術師說不定會失去理智。

許多魔術師直接踏上歸途，在財政上也需要等待搭乘明天電車的我，則在對面的陽之塔借宿。

在空間分配上，月之塔似乎是供家人居住，陽之塔則供客人使用。

客房的床不愧是高級床鋪，光是躺在上面就像處在無重力空間。相反的，這使我自覺到附著於體內的沉重，不禁大嘆了一口氣。

「……唉。」

我輕觸眼皮。

眼球徹底發燙起來。由於這種體質，我不太擅於應付社交聚會。因為魔術師的魔力波長各有不同，一一配合對方調頻的眼球目前陷入類似輕度熱失控的狀態。

我認為這點是我作為魔術師，也不怎麼優秀的證據，但根據兄長的說法，這種體質似乎會隨著年紀增長穩定下來。對我個人來說只是擁有魔眼而已，唯獨看到兄長有點羨慕的表情是種享受。

（……話說回來。）

我摀住整張臉，發出嘆息。

「不只冠位，居然連君主都登場了。」

事件未免太多了。

不只眼球，大腦好像都快熱失控了。我以為自己預料到大致情況，但想得有些太簡單了。不，巴爾耶雷塔閣下的出現還好，偏偏傳聞中的冠位魔術師竟然是蒼崎橙子。

應該思考的事情堆積如山，我完全不知道要從哪件事開始整理。

「……雖然如此，幸好沒有遇襲。」

低吟聲從身旁響起。

是還沒躺上床，坐在沙發上的格蕾。

也許是長時間緊張之故，她還是忐忑地坐立不安。交疊的手指細微地動著，手勢似乎是佛教的結印或非洲的翻花繩。對了，在兄長的課堂上談過，毛利文化的翻花繩是由神話口述人所創，從伊努特文化的翻花繩也看得出與咒術的關聯性……嗯，到了會做出這種聯想的階段，就是我非常疲倦的證明。

總之，這代表我還無法確實控制大腦。

「雖然有些看起來可能會來找麻煩的傢伙很躁動，但大多都在這次的初次露面聚會上嚇破膽了吧。到了那種境界，就像一種兵器呢。」

「……為什麼，要創造那麼美的人？」

格蕾語重心長地問。

那位黃金公主造成的衝擊，似乎讓這名木訥的少女深受感動——不，其實我也非常了解。

「我也和兄長談過，因為美是魔術的領域。」

我點完眼藥水後回答。

我感覺到熱度微微地逐漸緩和。從心情也隨著雙眼逐漸鎮靜下來的這一點來看，我的身體可真現實。唉，雖說是魔術師，要自我控制也需要一定的時間和步驟。

「美嗎？」

「沒錯。兄長說過數學上的協調對魔法圓與工房而言是必要的，但我記得伊澤盧瑪，或者說巴爾耶雷塔是以更基本的部分評估美。」

我也是因為那股衝擊而回想起本來快要遺忘的事。

「妳知道魔術師的目標是什麼嗎？」

格蕾一瞬間愣住後，一邊苦思一邊開口：

「呃……我在課堂上聽過。是叫……根源之渦？」

「對。叫根源之渦，也單純叫根源，有時作為無法論及之物稱為『　』。是所有一切的原因，讓一切現象、事象流動的零。嗯，像這樣試著說出口，言語真的不太好。給零與根源染上多餘的色彩，封閉了難得的意義。」

我斟酌詞語，瞇起雙眼。

「不管怎麼說，所謂的魔術到頭來是為了到達那裡的副產物——沒錯，當然，能夠接觸超常與達到超人境界本身就是種喜悅。正因為我們弱小，才會忍不住追求那樣的超乎常理。然而，究極的目標終究不在那裡。」

我一句一句地堆疊話語。

凡是現代魔術師，大多都明白根源是無法到達的。魔術原本就從神話時代不斷衰退，朝向過去逆行的群體不可能得到回報。如今，據說可能是最後一人的第五名魔法使也在極東現身，通往那裡的門幾乎等同於關閉了。

可是即使如此，我們也沒辦法放棄。

如果能夠放棄，從一開始就不會成為什麼魔術師。

「巴爾耶雷塔是為了到達那裡，選了美這條道路的家門。」

「……道路。」

「嗯。這個妳應該聽說過，原本美感對人類來說是生存所需的功能。」

我以手指抵著太陽穴，回想起更久以前聽過的兄長講課內容。

他果然確實有作為講師的才能，只要找到最初的線索，之後授課內容就會一一浮現在腦海裡。

「例如嗅覺、味覺是為了避免觸毒而變得發達，視覺與聽覺則是為了避免危險而鍛鍊至今。可是，在這五種感官以外，從我們人類在確立思考前起，就有作為『帶來快感』的感覺的美存在。」

例如，法國拉斯寇洞窟的壁畫。

例如，那些在威倫多夫遺跡發掘的舊石器時代裸像。

這些稱為原始美術的作品們，明示出人類與美術有密不可分的關係。

「關於美的作用，魔術好像是這麼認為——觀看美的事物，就是讓自身變美。」

「……讓自身……變美嗎？」

看來這個觀點實在超出理解範圍，格蕾惹人憐愛地皺起灰色的眉。

「呵呵呵。很奇怪吧？不過，我想妳在一般雜誌上也看過美術與文藝是靈魂糧食的說法吧？」

「……啊，是的。這我有看過。」

「在根本上似乎是同一件事。根據兄長所言，美術好像是一種共鳴咒術。透過鑑賞美術，使本人的靈魂與靈性受到淨化的感覺——這正是我們感受到的美的真面目。」

格蕾像小動物一樣點頭認同我的話，思索片刻後開口：

「那麼，如果有究極之美……」

「代表我們的靈魂說不定會一口氣提升到高次元。怎麼樣？有覺得自己變成像樣一點的人類了嗎？不過，妳的臉本來就很漂亮。」

「——請別提我的臉。」

格蕾莫名地停頓了一會兒。這或許是她的地雷。

這種事情拉扯下去會很麻煩，迅速略過吧。

「……不過，其實我會像這樣不禁大談關於美的話題，正是她這種魔術的作用吧。」

我非常佩服。

舉例來說，那就像為一本書、一首詩深受感動，因此改變人生一樣。如果能必定引發那種連在出色名作與波長相符的讀者之間都極少發生的現象——那無庸置疑是一種魔術。或者，形容成魔法的領域也不為過。

「……是喔。」

格蕾深深地發出嘆息。

「創造科的成員都是那樣嗎？他們好像正在非常遙遠的旅途上。」

「嗯，因為包含伊澤盧瑪家在內的巴爾耶雷塔，在鐘塔也是歷史最悠久高貴的家族之一，畢竟是三大貴族之一啊。」

巴露忒梅蘿。

特蘭貝利奧。

巴爾耶雷塔。

鐘塔將這三個家族稱為三大貴族。

離題一下，Lord這個名稱在鐘塔分為大及小兩種意義。具有大意義的十二君主已經不需要說明；相對的，以小的意義——稱為貴族時，大多是指三大貴族的親屬，這三個家族就是如此特別。

當然，這並非正式規範。

這是君主制度穩固前的慣例。只是，一心尊敬古老的事物也是魔術師的本能，以這種慣例為後盾的權力鬥爭與騷擾非常根深蒂固地延續著。嗯，魔術師早點滅亡比較好吧？

順帶一提，艾梅洛閣下本來也含有這種意義，但如今已經是遙遠的往事。

「……腦袋又快要爆炸了。」

格蕾按住太陽穴坦言。

「呵呵，灌輸妳太多知識了嗎？」

我露出微笑，撫摸毛毯。

這時，格蕾斗篷的右手附近也開始蠢動。

「話說，一直被關在裡頭，害我沒看見什麼黃金公主！」

固定裝置解開的清脆聲響響起，類似鳥籠的「籠子」彈開出來。亞德在「籠子」內表情豐富地強調說道。

「那位大姊姊真恐怖！這可是我第一次明明徹底藏好了，還差點被發現啊！」

刻印在匣子上的眼睛和嘴忙碌地變化。

我有時候會覺得，像這樣活動的亞德好像電影的CG動畫。令人目不暇給地變化形態（Morphing）的表情，彷彿在強調自己是主人的代理人一般，豐富得超出必要。

「你是指蒼崎橙子嗎？。」

「對啊對啊。她是怎麼搞的？是怪物嗎？」

「既然如此，你光是沒被發現就很厲害了。」

這大概是亞德的隱匿並非魔術的緣故。不過，那只靠變戲法般的花招，就能將這個鳥籠收進格蕾的斗篷裡嗎？我對此感到疑惑，但少女和亞德對於這部分都三緘其口。

「……我也很在意她。」

「啥？那個戴眼鏡的女人嗎？」

「對。蒼崎橙子為什麼偏偏出席這場社交聚會——」

當我正要往下說時——

旁邊突然產生氣息。

「托利姆？」

我還在想差不多該收回行李箱的水銀女僕正直盯房門。

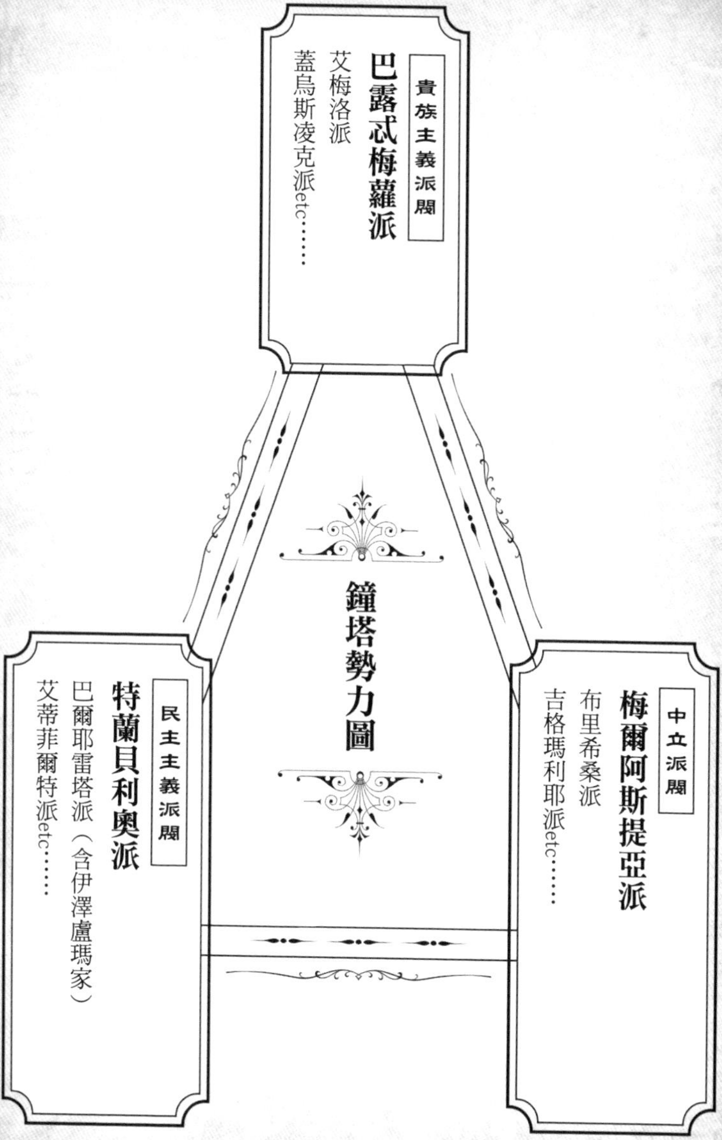
鐘塔勢力圖
貴族主義派閥
巴露忒梅蘿派
艾梅洛派
蓋烏斯淩克派etc……
中立派閥
梅爾阿斯提亞派
布里希桑派
吉格瑪利耶派etc……
民主主義派閥
特蘭貝利奧派
巴爾耶雷塔派（含伊澤盧瑪家）
艾蒂菲爾特派etc……

「發現有兩名不明對象接近。」

我和——格蕾渾身充斥著緊張感。

大約十秒鐘後……

叩叩——房門被敲響。

我和格蕾一瞬間四目交會，稍微吞了一口口水後點點頭。

少女伸手抓住放在桌上的亞德「籠子」，迅速收回斗篷裡。這一幕不管看多少次都像是被吸進異次元一樣，但目前燃眉之急在房門的另一頭。

當我伸手去拿裝了除了托利姆以外，還有其他魔術禮裝的行李箱時——

「——我可以進去嗎？」

說話聲響起。

這道聲音有點耳熟。

「——請進，門沒鎖。」

我回應道。

反正他人家中的鎖無法信任，不上鎖也一樣。只要身處於他人的領地，就和被關進布滿陷阱的迷宮沒多少差別。

來者立刻有所反應。

開了一線的門縫立刻擴展，露出外面的走廊。

站在門外的，是黃金公主、白銀公主初次露面時伴隨的女僕。

「我名叫卡莉娜。」

由於一手提著提燈，女僕行了簡略的屈膝禮(Curtsy)後再次問候。

「真是多禮。我是萊涅絲・艾梅洛・亞奇索特，請問有何貴幹？」

我率直地詢問後，女僕看向背後。

看來還有另一個人。

是她的雙胞胎嗎？

「請到這裡來。」

隨著那句話與招手，另一個人影靠近女僕。

我還以為眼睛失明了。

有時候，認知會凌駕於現實的物理法則。我以等同於魔術的嚴重程度，切身感受到自己的視覺神經與掌管那些資訊的枕葉同時破裂。

「黃金……公主……！」

＊

老實說，我以為自己會發瘋。

雖然是同性，但美到這種地步已經輕鬆跨越性別差異。我需要再幾秒鐘的時間重振起遭受重擊的心理。她在燭光下搖曳的美貌太過超乎現實，要是有人說我的置身之處被替換成異世界，我也會相信。

「初次見面。」

我聽見了聲音。

連那道話聲也彷彿直接撼動我的大腦。

「……啊……嗯。」

我也大聲回應。

畢竟是第二次，衝擊感沒有上次那麼強烈，否則我說不定會暈厥過去。這讓我體認到美就是暴力。

「蒂雅德拉大人表示想和妳談談。」

自稱卡莉娜的女僕再次開口。

「和我們？」

「不，恕我失禮，可以請那邊的小姐離席嗎？」

燭光照亮戴著灰色兜帽的格蕾。

「……那個，我……」

「格蕾可以信任。」

我迅速插話。

明明是為了這種時刻找來的保鏢，關鍵時刻卻不在場我會很傷腦筋。因為只靠托利姆瑪鎢未必有辦法應對。

這時，在一旁觀望的蒂雅德拉為我說話。

「……既然是那樣，卡莉娜，妳單獨離席吧。可以吧？」

「遵命。」

卡莉娜點了個頭，老實地走出房間。彷彿在說這是當隨從的基本功，我感受不到這個人的氣息。

然後，室內剩下我們與蒂雅德拉。

「突然占用妳的時間，非常抱歉。」

「……不要緊。」

雖然她的聲音仍會讓我頭暈目眩，但我勉強回應。

不過因為靠得這麼近，我也發現一件事。

「……妳的耳朵該不會聽不見吧？」

「妳發現了嗎？」

黃金公主——蒂雅德拉微笑著摀住耳朵。

「我因為遺傳問題失去聽覺，即使如此，只要讀唇語就能進行大多數的對話，用魔術學習發聲也很容易。」

「……喔，原來如此。」

魔術雖然逐漸被現代科學超越，卻也尚有許多魔術特有的長處。

黃金公主剛才說的內容——教導聾人正確發音就是這類例子。簡單來說，是將發音資訊直接灌輸進腦海就行了，雖然是一定程度的高等魔術，不過只要找來能用心靈感應溝通的術者，問題就會解決。好歹是巴爾耶雷塔的分家，處理這點事情應該易如反掌。

雖然再過十年、二十年，現代科學很可能也會直接在腦部植入電極。

我吸了一口氣。

切換想法，用一如往常的態度說：

「今夜我玩得很愉快。光是像這樣待在妳面前，光榮與眼福就讓我幾乎暈厥。」

我說出誠實的感想，而非奉承。

蒂雅德拉淡淡地微笑。

笑容比起花朵更美。

「謝謝——我從父親那裡聽說過艾梅洛。他告訴我，那位君主以新魔術的構築受到整個鐘塔的矚目。對於新世代的魔術師們而言，簡直如同救世主。」

哎呀呀，又是兄長的話題。

我不覺得無聊，但感到吃不消。因為巴爾耶雷塔這等名門會刻意加上新世代的條件，等於是說「這些事和我們無關吧」。

然而，這一次不同。

「我有一個請求。」

她切入正題。

「哦？若是如此美麗的人提出的請求，只要在能力範圍內，我都願盡微力相助。」

「恭敬不如從命。」

黃金公主點點頭，如此續道：

「……我想拜託妳帶我們逃亡。」

「……逃、亡？」

我不禁瞪大了眼。

「是的，我想請艾梅洛派藏匿我們。」

「…………」

更換派閥。

這個行動確實值得稱為逃亡。因為姑且不論艾梅洛（我們），艾梅洛所屬的貴族主義派具備與小國匹敵的資產和戰力。與此同時，這也代表巴爾耶雷塔所屬的民主主義派也具備同樣的戰力。

正因為如此，我不由得吞嚥口水，發出聲響。

不明白狀況的格蕾摸不著頭緒，但在這個情況下或許是種救贖。

「……總之，我可以請教理由嗎？」

「我想保護自己和妹妹——這次襲名白銀公主的艾絲特拉。」

蒂雅德拉坦白地說。

「保護嗎？可是，那位拜隆卿並非不珍惜妳們吧。」

「…………」

一陣沉默流竄了一會兒。

不是堅持不肯回答，是某種太過沉重的事物封閉了美麗女子的雙唇。我和格蕾也陷入沉默。我們沒有刻意催促，等待她主動甩開那過於沉重的事物。

不久後——

「……我有點累了。」

蒂雅德拉低喃。

手放在繡著精緻薔薇花紋的紫色禮服胸口，她如此續道：

「我認為妳能夠想像，為了創造我們的身體，我們曾被迫承受多大的痛苦。」

以魔術改造肉體，是大多數流派的基本。

自童年開始的嚴格修行與魔術刻印移植不用說，絕大多數都會投藥，有時候改造大腦與內臟也不稀奇。根據謠傳，還有人用數十隻、數百隻以某種魔術製造的蟲子交替鑽進體內潛伏。

何況是黃金公主與白銀公主。

既然達到如此精湛的完成度，無論承受過多大的痛苦作為代價，所有魔術師應該都會理解。不管看起來多麼光輝燦爛，伊澤盧瑪亦是魔術之徒。魔術師家族就是遵循那個原理驅動的。

然而，個人未必會為了家族的方針犧牲──

「──請別誤會。我們也是魔術師，已做好奉獻自己身軀的覺悟。可是，父親的做法照現狀來說效率低下──不，是父親的做法過了有效率的階段。那麼，我認為我們有自衛的義務。」

「…………」

這次輪到我陷入沉默。

她所說的事情很罕見。

當魔術達到一定階段，至今的方法論變得徹底無益的瞬間。我也聽說有歷經數百年的家族由於誤判那個時機而斷絕。

「也就是說，拜隆卿的術式危險到有必要自衛──而且他不聽妳們的意見？」

「是的。」

蒂雅德拉明確地表示肯定。

「照現狀下去，我和白銀公主遲早會有一人死去。」

喂喂，妳在說什麼？——我想如此大喊。

倘若要做出將藝術劃分等級的冒瀆行為，這兩個人無疑君臨頂點，而且跟第二名之後的作品有天壤之別的壓倒性差距。有句話叫人類的損失，但應該有不少人會一口斷言與其失去她們，不如破壞大英博物館比較好。

我伴隨著一聲嘆息開口：

「可是，這個案子不是應該先向巴爾耶雷塔閣下申訴嗎？」

「依諾萊大人很溫柔，但她確實是創造科魔術師的領袖。既然父親作為伊澤盧瑪家的當家，取得了足夠的功績，她不會不惜推翻這一點也要對我們伸出援手。」

正如她所說。

即使人格高尚，在身為魔術師時就沒有任何意義。堅持人性化的狀態凌駕於魔術正確性的人，不可能成為一派的領袖。同樣地，一派的領袖也不會容許企圖從做出成績者那裡奪走什麼的行徑。

「但是，你們屬於巴露忒梅蘿派閥。只要認為有利可圖，就會無視父親與巴爾耶雷塔閣下的意向展開行動——我認為我們具有那種程度的價值。」

我只能點頭同意蒂雅德拉的這番話。

哪怕不是魔術師也會想要——魔術師更會渴望得到她，因為她們本身可以說就是創造科的至寶。

「那樣的話，到頭來我們會調查妳們的身體喔。我實在無法說妳們過來之後，會比待在這裡過得更輕鬆這種話。」

「……不過，應該有可能做『交易』。」

黃金公主斬釘截鐵地說。

例如，大概能夠附加條件。

如同恐怖分子以司法交易，收取提供消息的代價一樣。

「……原來如此。」

我一瞬間差點無話可說。

小看她了——我後悔地想。這名美麗女子的確做好找我攀談的覺悟，她非常明白自己所說的話何等魯莽，仍來爭取需要的成果。

「…………」

我吸入一口氣。

切換意識，將眼前的對象設定成棋盤上的棋子。

我自己同樣是棋子之一，視為在名叫鐘塔的西洋棋棋盤（Chess board）上擺放了好幾枚的平凡士兵（Pawn）。

畢竟，派閥鬥爭正是這些棋子的位置關係。從依據時機和場合，連棋子的所屬陣營都會不斷改變這一點來看，比起西洋棋，大概更像極東的將棋吧。

「不過，如同妳所知，我在貴族主義派只不過是邊緣角色。縱使接受妳的提議，我也無法保證任何事喔。」

「是，那樣就夠了。只要著名的艾梅洛接受我們，任何人都無法忽視吧。」

（……喔，所以她先讚美了兄長嗎？）

真是服了。

蒂雅德拉準確地設下了布局。

看似非常平常的問候，在關鍵之處讓我無處可逃。當然，這在談判上是基礎中的基礎，不過被這種美麗擊敗讓理所當然的事情具有好幾倍的威力。

我感受到話語的分量。

「我說過願盡微力相助。」

我說。

如果粗心地被抓住把柄，很可能當場確定滅亡。

「但既然如此，不只是妳，我還必須跟白銀公主——艾絲特拉小姐商談。我們也一樣重視魔術世界的秩序。我們與巴爾耶雷塔所屬的派閥的確不同，不過正因為如此，我們不會做出可能造成全面衝突的行動。」

我溫和地回絕蒂雅德拉的提議。

不過，她對於我的答覆再打出另一張牌。

「……若有相對足夠的報酬，妳覺得如何呢？」

「報酬？」

蒂雅德拉對重覆說著的我點點頭，緩緩站起身。

那正是黃金般的光彩，讓我只能看得入迷。

最後，她留下這番話：

「……明天早上請來我的房間。我會打開後門，房間設置了魔術鎖(Mystic Lock)，所以不用擔心會有別人進來。關於白銀公主的事情也在那時候告訴妳。」

只說了這些話，蒂雅德拉離開房間。

說起來非常丟臉，但我忍不住想挽留她。就連照亮房間的淡淡光芒都像在不捨與她分別。

拚命壓抑住手，被拋下的我發出嘆息。

「……萊涅絲小姐。」

此時，有人呼喚我。

是格蕾。

一直默默看著方才那場談判的少女重新向我開口。

「嗯？」

當我看向她，輕輕坐在自己床鋪上的少女如此詢問。

「妳打算怎麼做？」

「天曉得。」

聽到格蕾的問題，我聳聳肩。

老實說，我好想直接躺倒，想得不得了。本來就在社交聚會上覺得很累又多出一樁事，就算許願「乾脆殺了我吧！」，又有誰能責怪我？

「……妳認為黃金公主要逃亡是認真的嗎？」

「很難說。」

一般而言，我會一笑置之。

然而，我認為她走投無路的感覺是真的。我也算有自信是單憑眼力在這個業界存活至今。我之所以能夠從小學（Primary School）勉強一路經營艾梅洛派，到頭來就是因為我能看穿別人的內心深處。

性格惡劣大概也是拜此所賜。

我喜歡看別人痛苦的難以公開的癖好，是藉由看透「那個人最終會對什麼事有什麼想法？」的心理，磨練我的能力。因為喜歡才進步得快，大多數的魔術師對自己的欲望太過誠實，所以我不缺在實踐中學習的機會也是一大原因。

「話說，她準備相當周到地把我逼到困境呢。」

我哼了一聲。

即使在這時明確地拒絕，她多半打算到了下次機會再對巴露忒梅蘿派提議。如果提議被接受，這次會換成我被責怪連居中牽線都做不好。

相反的，我要主動向拜隆卿告密的立場太薄弱。若對方尋事挑釁說是艾梅洛派誘惑了黃金公主，那可會造成家族危機。

如果我想拒絕她，唯一的方法是原先就假裝沒聽見敲門聲。

「真夠麻煩——托利姆。」

「是。」

我對回過頭的水銀女僕說：

「進入休眠，保持警戒狀態待命。」

「遵命。」

我敲了一下行李箱，托利姆瑪鎢被吸進裡頭。她處於這種狀態時魔力消費幾乎為零。

儘管托利姆瑪鎢在設計上只需最低限度的魔力就能維持，但我希望在別人家休息時確保萬無一失。我根本不想用疲憊不堪的腦袋思考再度和那種女子談判的事情。

4

——同一時間。

湖區的風帶著濕潤的水氣。

黑夜彷彿也濕透了，附近的森林與草原也都被一片白霧籠罩。這一帶也以濕度和明顯的溫差形成濃霧而聞名，也許是因為如此，以芒卡斯特古堡為首有許多鬼屋。

英國人喜歡幽靈自不待言。各地的幽靈粉絲社團與幽靈參觀之旅那是當然，若是謠傳有幽靈出沒的鬧鬼房子，反倒能賣出高價。

那麼——

在塔附近的說笑聲，或許果然是幽靈（Phantom）的聲音。

「是的，今晚很謝謝你。拜隆卿。」

戴眼鏡的女子說。

有一頭黯淡緋紅髮絲的女子——蒼崎橙子在月之塔的入口談笑。

交談的對象是拜隆卿。

黃金公主和白銀公主的父親，伊澤盧瑪的當家。
應該名叫邁歐的藥師站在他身旁。
「我送妳，蒼崎小姐。」
「不必了，邁歐。你也喝了很多吧？」
橙子平靜地回絕他的提議後掉頭。
憂鬱的霧氣在外面搖曳瀰漫。
她的房間和其他客人一樣安排在陽之塔。邁歐守在月之塔，是因為他本來是伊澤盧瑪聘僱的藥師。
她在白霧內徘徊片刻，踩著鴨拓草往前走感覺很舒服。
半途中——
「…………？」
橙子瞇起眼鏡下的雙眸。
因為雖然被霧氣遮蔽，腳下的沙子看起來卻突然流動了。那奇怪的流動方式宛如在尋找她所在位置的指南針。
很快地，一個模糊的人影映入眼簾。
「我的笨弟子在這種地方啊。」
滿是皺紋的臉龐皺起眉頭，銀髮的老婦人分開夜霧現身。

「……哎呀，依諾萊老師。」

橙子低聲點頭致意。

接著，她觸摸老婦人戴在耳朵上的機器。

「在放音樂嗎？」

「iPod很不賴喔。」

老婦人摘下耳機眨了一下眼，從禮服口袋中拿出剛發售的最新音樂播放器。愛挑剔的魔術師裡有許多人都忌諱現代科學，還有人至今連電話線都沒拉，在這種情況中，這位代表創造科的老婦人反倒率先享受著現代科學的恩惠。

「哪種音樂？」

「當然是搖滾啦。」

老婦人愉快地揮手打拍子。

那副模樣讓橙子以忍著笑意的表情低語：

「看來老師一點都沒變……難不成是在埋伏我？」

「正是。因為在社交聚會上讓妳跑了。」

「那是巧合吧。」

橙子果斷地避開那句話，仰望她的老師。

有多少年沒像這樣相遇了？

樹葉摩擦的聲響傳來。

那與霧氣交融，極為含糊不清的聲響使橙子憶起在鐘塔做研究的遙遠時代——雖然已經極少浮現於意識中，仍像刮傷一般留在腦海某處的過往。特別是太過死心眼而變得近似地獄的台密僧侶，與非常多話的紅色大衣魔術師如影隨形地糾纏著她。

儘管專攻未必一致，那兩人與她在學習盧恩符文時結識，互相鑽研過學問。

同時，都是死於自己手下的影子。

橙子用幾秒鐘趕走感傷，向老師說：

「——您竟然成為君主，飛黃騰達了呢。」

「別說那些無聊的奉承話。」

老婦人咧嘴露出白牙。

然後——

「聽說封印指定解除了……不過我可沒料到妳會參加伊澤盧瑪的初次露面宴會。」

依諾萊低聲發笑。

「妳不是說過，目標是像仙人一樣活著嗎？」

「我不該告訴老師的呢。」

橙子閉起一隻眼睛。

「我的目標現在仍然相同喔。可是似乎才能不足，實在無法脫離俗世。」

「在極東，好像將成仙的資質與命運一併稱為仙骨。」

「是的。」

「既然如此，我們都才能不足。比起君主這種死板拘謹的地位，我也更想當個作品滯銷的市井畫師。」

老婦人朝虛空做出揮筆作畫的動作，讓橙子浮現很有趣的表情。

「唯獨老師的畫還請放過我。」

說完之後，她不經意地想在懷中摸索。

在那之前，一盒廉價的香菸遞了過來。紙製煙盒上畫著太極圖案，變得皺巴巴的。

「想抽就抽吧。」

「……真虧妳有這種玩意兒。」

橙子有些為難地說，因為那盒香菸的牌子與她的喜好相符。那是台灣收藏家只為自己製作了一箱的牌子，她認為如今無法入手，早就放棄了。

「這是妳放在研究室忘記拿走的。我施了魔術替香菸防潮，妳要理解老師的父母心。」

「是這樣嗎？」

橙子坦率地伸出手，老婦人先收回手後咧嘴一笑。

「給我一根菸就還妳。」

「……唉，給老師是可以啦。」

橙子點點頭接下那盒菸，從懷中取出Zippo打火機點火。

煙霧升起，她輕輕皺眉。

「好懷念的滋味。」

「也替我點個火。」

老婦人不客氣地抽出一根菸叼在嘴裡，順勢將臉湊近橙子。

橙子與她的香菸前端接觸，隨即點起了火。依諾萊緩緩地退後，深深地吸入煙霧，吐出餘煙並煩躁地說：

「喂喂，這啥玩意兒啊？味道糟糕透頂，這是拷問嗎？」

「是的，我記得跟妳這麼提過。」

「哈！一般會以為那是在謙虛或掩飾喜歡的東西吧。」

儘管如此，依諾萊沒有捻熄香菸，一邊規規矩矩地抽著一邊以目光追逐煙霧。

不在街上，鄉村的黑夜如周遭都被抹黑一般黑暗。可是，對身為魔術師的她們來說，稍微「強化」眼睛就足以遠望。正因為如此，自古以來魔術師就喜歡暗夜。

老婦人享受了那根菸片刻，提出話題。

「有件事我有點在意——妳為什麼會來到這裡？」

「這個嘛，有各種原因。」

「別隱瞞我，橙子。」

「請別用從前的稱呼。」

橙子難為情地笑了笑。

微笑對於這名女子來說是什麼意思呢？換成其他人，說不定會戰慄得發抖。特別是知道她鐘塔時代的人。

知道她的——「顏色」的人。

「再說，那個『成果』有點異常。本來在這個國家，湖區也是一種不為人知的好地方，說不定或許會喔。」

「……沒錯，萬一出了差錯很可能會連接上。」

連接到何處？不用說也知道。

魔術師們賭上生涯的目的地只有一個。無論希望有多渺茫，他們一路上為此耗費了數百年、數千年的時光。特別是神話時代終結後的挑戰，若是除去極少數的例外，只是白白地消失，縱然如此，魔術師整體也沒有放棄。

依諾萊揚起單邊眉毛，聳聳肩。

「妳的口氣簡直像在說有問題。」

「不是的……不過……」

橙子頓了一會兒後說：

「如果感覺到意外到達的可能性……會出現盯上黃金公主的歹徒也不稀奇吧？」

「……妳這傢伙還是一樣淨說些令人不安的話。」

依諾萊大口吐出煙霧。

她將剩下的菸頭按在橙子迅速遞上來的攜帶式菸灰缸內。

「哼，我還以為妳是盯上了謠傳的祕寶。」

「您是指什麼呢？」

可能是被那句話勾起興趣，橙子主動反問。

「哎呀，沒想到妳不知情。那個在不久之前出現在地下拍賣會上，伊澤盧瑪得標的事引起了討論。帶著某個幻想種血統的——」

「……原來如此，的確是上等貨。」

聽到依諾萊後面的說明，橙子微點點頭。

「哎呀，我也以為妳會對這個更感興趣。妳在一陣子沒碰面的期間變了很多呢。」

「沒有啊。總之，我也會先把東西弄到手，有必要的話，還會用妹妹的名義向鐘塔借錢。只是這次的東西沒什麼刺激到我的好奇心罷了。」

「哼，藝術家就是這個樣子。」

依諾萊聳聳肩，橙子反問她：

「依諾萊老師也是，拜隆卿在社交聚會上好像叫住了妳。」

「……妳果然看見了嘛。」

她咂咂舌。

老婦人這麼做時宛如女童。那個舉動之所以不可思議地適合她，大概是她經歷的歲月沒有使她的本質失去一絲純潔吧。

「沒什麼大不了的。而且，我對社交聚會還有另一個目標，很可惜沒有遇見。」

「是哪一位呢？」

「現代魔術科的君主。」

留下這句話後，老婦人揮揮手。

等到迷霧與黑夜吞沒恩師的背影後——

「……好了。」

橙子自言自語。

她摘下眼鏡，揉揉太陽穴。

「怎麼辦呢？果然提不起勁。」

接著，她悄然補上一句話：

「……我忘了什麼事嗎？」

5

清晨，塔外冷得令人微微發抖。

湖區本來就溫差劇烈。十月的白天氣溫明明接近二十度，晚間至清晨卻降到零度以下。

陽光照在濕潤的霧氣上發生漫反射，四處浮現小彩虹與奇怪的影子。我記得被視為分身靈傳說起源的布羅肯現象，是在德國布羅肯山山頂附近觀測到的——是類似的彩虹散射現象與隨之映照在霧中的巨大人影。在這麼低窪的地區看得見，讓人覺得這裡果然適合作為魔術師的住處，從前大概也出現過各種幽靈騷動，嚇到民眾。

嘶！屏住呼吸的聲響從背後傳來。

「嗯，怎麼了？」

「……不，那個……」

格蕾含糊其詞。

她重新壓低兜帽，難為情地別開目光。

「咿嘻嘻嘻！老毛病恐懼症（Phobia）又發作了吧！」

可是在她右手附近的亞德故意告密。

（對了，她討厭幽靈吧？）

雖然因為昨夜沒起霧沒有察覺，她說不定不喜歡這種景色……嗯，她看來十分難受的側臉讓我有一絲興奮的事情還是瞞著吧。任何人都不需要坦承自己的興趣。

塔與塔之間約有十分鐘路程。

昨夜的社交聚會宛如假象一般，月之塔鴉雀無聲。

靠近之後，荊棘纏繞，四處滿布裂痕的塔壁看起來與昨夜的建築物更截然不同。

我們從她說的後門進入塔內。

那裡的門正如她所言沒有上鎖，我們得以輕易入侵。

我們偷偷走在走廊上。作為拜隆卿的意圖遍及此處各個角落的證據，塔內很有創造科的風格，掛著各種繪畫。如果這是個鬼故事，露出醜陋笑容的畫像此時應該正在對我們下詛咒——實際上，那些畫作似乎確實施加了某些魔術，我的眼睛微微發燙。

（……唉。）

我自己也認為這種體質很麻煩。如此無法控制，讓我不禁覺得比起魔眼之類的帥氣名稱，更像是花粉症。而且，花粉症在英國主要由芝草引發，高峰期也是在六月到七月。根據兄長所言，戴口罩在極東似乎是因應花粉症的常態，我曾心想那種景象有點奇怪，想像了那幅畫面。

我們直接走上後面的旋轉樓梯。

黃金公主的房間在三樓，我從並排的幾扇門中敲了同樣是她交代的那扇門。

「……蒂雅德拉小姐，妳在裡面嗎？」

我悄聲地發問。

沒有回應。

不，說到底，屋內感受不到人的氣息。和剛才相反，這次的門上了鎖，不管用推的或拉的都文風不動。

我有種非常糟糕的預感。

「托利姆，破門！」

「遵命，主人。」

水銀從我帶來的行李箱流出，變化成女僕姿態。她直接只在右手產生出戰錘，輕鬆地敲碎木門。

我避開碎片，但迅速地踏入室內。

這是個寬敞的房間。

房間整理得很整齊，除了附有蓬頂的床鋪，還排列著高雅的家具。悄悄放在那裡，形似水母的檯燈是愛米爾・加列（註：法國新藝術玻璃藝術家）的作品嗎？——同時，最意外的是這裡沒有鏡子類的家具。儘管難以想像女性房間裡沒有鏡子，但對她們的魔術而言也許有必然的理由。

「…………」

然而，我立即放棄所有思考。

因為我發現了某種紅色。

在床舖上。在仔細清潔過的雪白布料上，那片紅色很像薔薇。如果是藝術家，大概會很感激那片紅色的安排。甚至是在這種情況中，關於她的一切都很■。

「…………」

黃金公主在紅色的中央。

簡直像朵花。據說花本來是為了吸引昆蟲而發展的生態，無論是大幅展開的花瓣或一口氣凋謝的姿態，都是為了捕獲其他生物的心。

若是這樣的話。

若是這樣的話。

若是這樣的話。

若是這樣的話。

……啊啊。

若是這樣的話，該怎麼形容現在的她？

「…………」

我完全喪失了語言。

所有腦細胞都停止了。至少，在這個瞬間我打從心底認為這樣要好得多。那幕景象太過■，不是區區人類的認知有辦法接受的。

「蒂雅德拉……小姐……」

就連格蕾斷斷續續的呼喚都在意識之外。

她閉起眼睛。

她閉起嘴唇。

她沒有呼吸。

她的頸部以下沒有與軀體相連。

黃金公主的全身部位被分成碎塊，首級擺放在柔軟的床單上。

第三章

1

黃金公主的死訊立刻傳遍了雙貌塔。

為了保護案發現場，在場的我沒有離開，拜託格蕾傳話。由於事態重大，眾人馬上聚集在黃金公主的房間內，目睹了現場。

屍體實在太過悽慘。

唯獨美麗保持不變，反倒更加駭人。那顆首級表現出活著與死去兩種狀態。實際上，若沒有通知他人與考慮犯罪可能性的問題，我說不定會在屍體前茫然發呆一整天。

總之，在社交聚會後留下來的人應該不到三十分鐘就聚齊了。

「……萊涅絲、小姐。」

藥師邁歐首先喘著氣趕來，目睹現場狀態後瞪大雙眼。

他本來就一臉軟弱的樣子，很可能直接昏倒。倒不如說，也許應該從沒有昏迷這一點看出他意外地有骨氣。

接著——

「喂喂，事情麻煩了。」

一名我記得在聚會上看到的黑皮膚男子搔搔頭。

「你是？」

「米克．葛拉吉利耶，受到詛咒科（吉格）關照。」

詛咒科（吉格瑪利耶）和梅爾阿斯提亞同樣屬於中立派。

他的頭髮剃得很短，似乎有什麼運動習慣，肌肉格外結實。當然，只要使用「強化」魔術，連我那位兄長都能單手舉起費拉特，不過基礎越強韌，「強化」效果當然越好。

「哈、哈哈哈哈。這是怎麼回事？」

第三個人一進房間就聲音乾澀地喊道，癱坐在地上。

「……不可能，我的服裝居然弄成這樣……」

髮型格外顯眼的男子惋惜道。

我記得那種綁了大量辮子的髮型叫細髮辮。雖然以偏見來說是黑人女歌手等常做的造型，不過這名男子的頭髮編得更加複雜交疊，已經像是由頭髮製成的紡織品。

從他的說法聽來，彷彿比起人，更加關心禮服。

「你是？」

「我叫伊斯洛……賽布奈。負責製作黃金公主、白銀公主的禮服。」

我後來打聽到，這三人會最早到場似乎是因為碰巧在附近走動。據說他們想在離開社交聚會前邀請黃金公主她們共進早餐，真夠悠哉的。

他們的共通點是姑且屬於中立主義派。

只是不同於貴族主義派及民主主義派，中立主義派派閥內部並未統一意向。比起原則和立場，更想優先著重研究的想法，最後只是讓幾個家族聚集起來而已。雖然以勢力最大的派別名稱梅爾阿斯提亞派統稱，但簡單來說他們只是保持中立，關係上任何時候發生內訌也不足為奇。

喀——拐杖敲擊石地板的聲音傳來。

宛如世界毀滅的呻吟落在房間地板上。

「怎麼會……這樣……蒂雅德拉……」

「……姊姊。」

顫抖的聲音彷彿在追認這場悲劇。

這兩個人來到血跡斑斑的房間，也許才是最殘酷的事。

「……拜隆卿、白銀公主。」

白銀公主和第一次相遇時一樣蒙著面紗。

薄薄的面紗底下透出與黃金公主幾乎相同的樣貌，卻看不清她的表情。

只是，她好像直盯著在白色床單上漫開鮮紅色血泊的首級。

如果那副面紗底下真的藏著不比黃金公主遜色的美麗臉龐，將是連天堂都不存在的倒錯空間吧。實際上雖然處於這種情況，我的腦海想像著那種畫面，有幾秒鐘差點因為妄想而沸騰。

這時——

「原來如此，發生大騷動了。」

另一名女子現身了。

她目前沒戴眼鏡。橙子一手按住色澤黯淡的緋紅頭髮，用聽起來——截然不同的冷漠口吻說道，環顧室內的情況。

「哎呀呀。」

她搖搖頭。

「這該不會代表留下來的我們是嫌疑犯吧？」

「蒼崎小姐。」

橙子不在乎邁歐像在責備的話語，依然笑著往下說：

「我不討厭偵探小說，雖然根本沒想像過自己會處在嫌疑犯的立場。硬要說的話，我比較適合當受害者吧。」

她顫動肩膀，低聲發笑。

那種態度怎麼看都只適合當兇手，不過，她看過黃金公主的首級又注視著房間的狀況幾秒鐘後，更加愉快地笑出來。

「話說，這還真厲害。實在做得太過火了，害我忍不住發笑。在聚集那麼多魔術師的現場，這樣做究竟有什麼意義？」

「……什麼、意思？」

格蕾忍不住發問。

「聽好了。我在過來之前聽說妳們闖入時，黃金公主的房間上了鎖吧？我也在這裡寄宿過幾天所以知道，黃金公主與白銀公主的房間裝了魔術鎖。鎖屬於對應個人魔力波長的類型，在鐘塔也是用於藏寶庫等地方的東西。也就是說，黃金公主房間的門只有黃金公主打得開。」

魔術鎖。

我也聽蒂雅德拉提過同一件事。雖然形式有各種模式，那大概是以個人魔力波長本身當作鑰匙的魔術禮裝。儘管有價格非常昂貴、僅限魔術師才能使用、無法靈活變更使用者等種種缺陷，仍因為堅固度高而被運用在各種地方。

黃金公主的房間也用了那種魔術鎖。

雖然黃金公主在房間內死去，既然魔術鎖是上鎖的……

「既然如此……也就是說，這是『密室』嗎？」

沉默一瞬間掠過。

因為誰也不曾抱持那種觀點。因為就算對魔術師來說也是非現實的——正如她所言，這個現象不知道有什麼意義。

「不過，從我們魔術師的角度來看，要從外面殺死密室內的受害者也不怎麼困難。舉例來說，靠妳的魔術禮裝——月靈髓液應該是輕而易舉吧。」

橙子流暢地說，望向佇立在我身旁的水銀女僕。

「懷疑第一個發現凶案的人是原則……再加上，最後與黃金公主見面的人不是妳們嗎？」

我的心臟猛然一跳。

希望有人讚美我沒把想法表現在臉上。我暗中壓抑急促的心跳，竭力以平靜的聲音發問：

「……為什麼？」

「拜隆卿。」

受到橙子催促，紳士頷首。

拜隆卿站定不動，將拐杖掛在手腕上後拍響手掌。

兩道人影被掌聲引來，從房門口走進來——是伴隨黃金公主、白銀公主的雙胞胎女僕。

「妳是卡莉娜小姐吧。」

其中一人。

橙子呼喚曾經專屬於黃金公主的女僕名字詢問。

「卡莉娜小姐。蒂雅德拉與艾梅洛的小姐談過什麼？」

「我、我在蒂雅德拉大人談事情時離席了，所以……」

卡莉娜表示她毫不知情，垂下了頭。

然而，那種回應不可能被容許。沒戴眼鏡的橙子極度冷淡又難以對付地追問年紀輕輕的女僕。

「嗯，我知道妳離席了。不過，妳應該能在一定程度上預料到蒂雅德拉與她接觸的理由吧？」

「…………」

卡莉娜依然低著頭，沉默半晌。

「卡莉娜。」

拜隆卿催促她往下說。

卡莉娜不可能違抗主人的命令，斷斷續續地說出口。

「……蒂雅德拉大人……希望逃亡到艾梅洛。」

「什……！」

除了坦白的卡莉娜本人和橙子，所有人都因為那句話引起一陣騷動。

（糟了……！）

我咬住下唇。

完全中了圈套。就算解釋我無意接受她的逃亡，但這種辯解也行不通。另外，既然滿不在乎地來參加社交聚會的巴露忒梅蘿派只有我們一行人，也不可能有人幫腔。

「卡莉娜姊姊……為什麼……」

「雷吉娜。」

女僕呼喚雙胞胎的另一人名字。

卡莉娜與雷吉娜——這似乎是她們的名字。

無論如何，剛才那句話太過致命。

「……這……實在無法置之不理啊。」

拜隆卿裝模作樣地望向我。

當然，他不可能現在才知情。他會如此準確地將我逼到絕境，就代表至少在案件暴露後——從得知黃金公主的死訊到前來這裡的期間，已經掌握了大致的狀況。

「希望妳說明這是怎麼回事，艾梅洛的小姐。」

「的確……蒂雅德拉小姐與我商談過這件事。」

我伴隨一瞬間的遲疑開口。

若在這時沉默不語，就等於承認對方所說的一切。就算有什麼抗辯之詞，也只能一邊說一邊歸納想法。

「可是，我發誓沒有殺害蒂雅德拉小姐。說到底，殺死提議要逃亡過來的對象根本沒有意義可言吧？」

「是嗎？如果逃亡的條件談不攏，也有可能發生衝突不是嗎？」

至今都聽著的黑皮膚男子——米克說。

我還來不及咬牙切齒地氣他太多嘴，就感覺到舉手投足被周遭魔術師們的視線束縛。只要我輕舉妄動，他們肯定轉眼間就殺掉我，奪走本來就已經衰退的艾梅洛剩餘的所有權力。

四面楚歌。

我自己在社交聚會上不是說過嗎？

「……萊涅絲小姐。」

格蕾輕聲呢喃。

她的右手進入臨戰狀態——潛入斗篷底下。

「……不行，格蕾。」

我制止她。

「但是……」

「用了以後，說不定能逃離這裡。不過，艾梅洛將被逼上致命的絕路。那比我的一條命更加嚴重。」

我語帶苦澀地低喃。

唉，非常遺憾，我的價值觀是如此。

換成那位兄長，或許會乾脆拋下這些事物。說不定會宣稱派閥與家族怎麼可能比現在活著的人還重要，說出那種導致他不得不被評為二流人物的結論。

然而，我並非兄長。

我覺得有一絲遺憾。

拜隆卿在血跡斑斑的房間裡上前一步，向我開口：

「無論如何，看來有必要對妳詳加調查。」

「是啊。」

我也點點頭。

我盡可能裝作平靜地攤開掌心。

「我希望得到禮貌的款待。特別是，我早餐只吃得下好喝的紅茶配可口的司康——否則，就糟蹋了我打算特地給予協助的想法。」

「協助？妳打算怎麼做，萊涅絲．艾梅洛．亞奇索特？」

「嗯，那還用說。」

我刻意以開玩笑的聲調回應用全名稱呼我的拜隆卿。

「我來找出凶手給你看吧——賭上我們艾梅洛的名譽。」

2

聽到我的話，眾人的反應參差不齊。

梅爾阿斯提亞派的三名魔術師輕輕眨眼，雙胞胎女僕像在說自己沒有發言權一般，只保持著沉默。

白銀公主……不得而知。

然後——

「哈哈哈哈！」

蒼崎橙子高聲大笑。

「真不賴，這就是艾梅洛的小姐？老實說，我一開始提不起勁參加社交聚會，不過比想像中還愉快嘛。怎麼樣，拜隆卿？我認為她說的也有道理。」

「……我同意也有一番道理。」

拜隆卿沉重地說。

面對女兒的屍體，伊澤盧瑪當家的紳士風範態度卻沒有變。或許以魔術師而言，他稱得上是值得驕傲的父親。

「但我不能放妳們自由行動，畢竟妳們算是嫌犯。」

「我的話如何呢，拜隆卿？」

橙子將手放在自己的胸口說。

「由我來監視她們。這樣如何？」

「很遺憾，蒼崎小姐。妳沒忘記妳也是嫌犯之一吧？」

「……的確沒錯。真傷腦筋。」

一頭黯淡緋紅髮絲的女子聳聳肩，乾脆地放棄深入爭取。

在她眼中，這提議說不定沒有超出一時興起的意義。至少她看來無意以冠位階級作為盾牌壓倒對方。

「——不然，由我來怎麼樣？」

腳步聲響起。

沒錯。

現場只少了一位人物。

在這個淒慘的地方，權威足以讓其餘任何人無法抗議的女子。

「抱歉，來遲了。我聽說了大致的情況，既然如此，由我負責監視不就沒問題了嗎？」

「……巴爾耶雷塔閣下。」

依諾萊・巴爾耶雷塔・亞特洛霍姆。

三大貴族之一，位居巴爾耶雷塔派頂點的老婦人。

確實，在這些人中，要說最值得信任的人只有她。就算之後鐘塔進行調查，她的證言幾乎不會受到懷疑。

「諸位沒有異議吧？」

老婦人環顧周遭，悠然地問。

白銀公主和她的女僕雷吉娜、父親拜隆卿、碰巧在場的三名梅爾阿斯提亞派魔術師、冠位魔術師蒼崎橙子，當然還有我和格蕾。

或者，還包含化為首級的黃金公主。

老婦人滿意地頷首，拍手催促眾人解散。

「好了，那就解散——接下來輪到偵探上場了。」

*

結果，留下的是我們和依諾萊。

畢竟巴爾耶雷塔閣下開了口，其他魔術師也無人反對，迅速離去。

雖然直到剛才為止因為緊張而幾乎麻痺了，黏附在室內的血腥味濃郁得令人想吐。儘管在上黑魔術（Witch Craft）課時適應了一定程度，但一人份的鮮血氣味會如此濃郁嗎？

明明還沒碰觸，我卻覺得從口腔到胃臟幾乎都充斥著鐵鏽味。

「那麼，妳打算從哪裡著手調查？」

「……可以的話，我想從房間布局和屍體開始。」

我將手貼在胸口忍住嘔吐感，回答依諾萊。

「原來如此。隨妳高興吧。」

老婦人用下顎比了比。

她既沒有挖苦也沒有反駁，讓我感到非常不自在。

不，她樂意合作當然很感激，不過這個人實在跟我合不來。面對率直的對手採取迂迴戰術，面對迂迴的對手率直地殺過去是我的作風，但我覺得不管用哪一種都只會遭到她漂亮地反擊。與其說單純是薑是老的辣，不如說我們從一開始就合不來。

如果年齡相仿，我們說不定意外地能成為朋友。

不管怎麼說，我盡量謹慎地開始探索屋內情形。

「…………」

房間大小相當於一間普通的咖啡廳。

主要的家具有附蓬頂的床舖、擺著形似水母檯燈的桌子、幾幅看起來屬於印象派的畫作。非常樸素的書櫃裡擺著應該是入門魔術書（Grimoire）的書籍。每一樣都是與黃金公主之名相襯的奢侈品，種類上卻有種只集齊最低限度所需的感覺。

室內有一扇窗戶與一道門。儘管也有天窗，但結構上並非人類可以進出。如果要將天窗列入考量，說到底，思考什麼魔術可以穿牆還更實際。

接著是關鍵的屍體……

「……這也分割得真徹底啊。」

遭到徹底分屍的屍體令我不禁再次嘀咕。

軀體和四肢都被整齊地切割分離，剖面俐落得讓人不由得瞪大眼睛。找不到反抗的跡象——從剖面的樣子來看也是，大概是來不及反抗就遇害了。擅長死靈術（Necromancy）的人或許能像警方一樣驗屍，但那是與我完全無緣的魔術。

……我頂多只因為一些事件適應了屍體而已。

「托利姆，妳能收集屍塊嗎？」

「我明白了。」

托利姆遵照我的話俐落地展開行動。

依諾萊看著那副情景，微微瞇起眼。

「不過……被分屍得那麼徹底，連凶器都看不出來呢。」

說到底，當魔術包含在凶器之內，所有死因都有可能。正如橙子的暗示，一個托利姆瑪鎢就能模仿大多數物理武器。如同「密室」不構成意義般，「凶器」的概念也幾乎沒有意義。

「……既然如此，為什麼會形成『密室』也會變成線索。」

「原來如此。」

老婦人點點頭。

「也就是說，妳認為『密室』是碰巧完成的。」

「對。」

我同意道。

「推理小說等作品裡的『密室』，是用來消除指向凶手的線索。因為理論上誰也沒辦法殺人，所以不可能抓住凶手──應該包含這種沉默的主張。不過，既然所有嫌疑犯都是魔術師，那種主張也毫無意義。」

沒錯。

說到底，「密室」可以無限制製造。一個遠距離操縱的詛咒也有各種種類。例如可以用水元素讓血液凝滯，引發腦梗塞；讓火元素殘留過多，引發心肌梗塞也不難。當然，在這個例子中對方也有魔術素養，所以詛咒不會像我剛才說的一樣容易生效，距離「密室」的概念原本具備的不可能性很遙遠。

這樣的話，我推測這個「密室」大概是巧合。

並非有意為之，而是碰巧形成了「密室」。

這一點或許會聯繫到某種線索——

「——不行嗎？」

唔嗯，我完全想不到。

再說，我不是會思考這種瑣碎小事的性格。我屬於看推理小說先看結尾，再抱著「呵呵，只有我知道凶手是誰」的優越感讀下去的類型。

只是，這次有另一件事讓我很在意。

因為我完全沒看到凡是女性，在房間裡必備的物品。

「……為什麼沒有鏡子？」

聽到我如此低語，依諾萊說：

「事到如今，她根本不想看見自己的臉吧？」

「一般而言，長得那麼美麗不是會變得自戀嗎？」

這不能譴責。

藝術也是，窮究到那種地步不可能會厭倦。渴望一輩子看著那張臉直到死亡的人，應該會轉眼間大排長龍吧。某些人說不定會稱呼那個隊伍正是通往天堂的階梯。

或者是通往死刑台的十三級階梯。

「哈哈哈，我能理解妳的理論，但這是年輕導致的傲慢。到了我這把年紀，就會變得不想照什麼鏡子喔。既然會變成這樣，我應該在更年輕時努力做整形手術的。」

「……巴爾耶雷塔閣下。」

當我不禁插嘴時，老婦人愉快地彎起嘴角。

「呵呵，騙妳的。如果我說直到現在，我天天仍會在鏡子前著迷地看上三十分鐘，妳相信嗎？——不，不好意思，我忍不住就想調侃一下。」

「…………」

置身於和平常相反的立場，我感覺十分不自在。

不，老實說這也讓我感到一絲興奮，但很可能覺醒奇怪的癖好，還是加以封印吧。

「對了，可以再多問一點嗎？」

「請儘管問。我的舌頭不會拒絕回答巴爾耶雷塔閣下的問題。」

「呵呵，很高興聽到妳這麼說。」

老婦人滿是皺紋的臉龐露出笑意，不客氣地拋出問題。

看似日常對話，卻是關於本質的問題。

「妳這麼想復興艾梅洛嗎？」

「不，我對於艾梅洛家本身沒有太大執著。這種事到頭來都是順勢而為。」

我回答。

「因為我本來在艾梅洛派屬於底層。之所以輪到我，是因為高階家族不僅無一例外地叛離或疏遠，在身為血緣子弟又尚未移植魔術刻印的候選人中，我對源流刻印的適應率剛好很出色……這樣的理由。不過，大多數艾梅洛派都接受過源流刻印的分株，具有一定程度的適應率也是理所當然。」

分株的意思，是從本家魔術師那裡移植魔術刻印的一小部分。

本來初代的魔術刻印是將喪失的幻想種或魔術禮裝的碎片，當作核心埋進體內製作而成。當然，因為是埋入異物，排斥反應遠比繼承雙親轉讓的魔術刻印來得強烈。在忍受排斥反應長達數代，用自己的魔術漸漸沁染作為核心的異物後，魔術刻印才總算完成。

可是，現代幾乎沒有魔術師使用這種做法。

一方面是沒有明明並非這類家系，卻試圖成為魔術師的好事之徒，就算是這種人，也大多是從有力家系那裡得到分株。當然，既然是移植至他人，原本的魔術刻印功能——作為固定化神祕的作用幾乎都會捨棄。即使如此，比起從頭開始製作魔術刻印，可以期待經歷更少世代就發揮效用，方向也更容易控制。

當然，作為母株的魔術刻印也會受損，不過這種程度的損傷只需接受調律師治療即可在幾個月到一年左右恢復，也能期待給予分株的家族付出高度忠誠。從結果來說，許多派閥基本上是以分株設立分家，而作為根基的本家魔術刻印習慣稱為源流刻印。

（……不過，那種忠誠度的結構只要在擁有關鍵——源流刻印的本家當家死亡，就沒有任何意義可言。）

我在心中偷偷咒罵。

哎呀，大家常說上一代的艾梅洛閣下參加聖杯戰爭是年輕氣盛才會莽撞行事，但他其實真的是打算玩玩吧？還是說，想對哪個人炫耀自己有多優秀嗎？

「原來如此。但既然妳對艾梅洛沒有執著，那已經夠了吧？妳與妳的兄長都做得夠好了。現在你們應該也能高價出售艾梅洛。無論由哪個派閥買下，條件都不會太差吧？」

「……是啊。」

當然，要說我沒考慮過這件事是謊話。

坦白說，什麼派閥抗爭爛透了。為了研究而貪婪無度的梅爾阿斯提亞是還好，高呼貴族主義、民主主義激烈鬥爭的兩個派閥，讓我想往他們背上猛踹一腳，叫他們快點清醒。你們明明說自己超越俗世，為何又全心投入權力鬥爭？

可是……

「眼前有敵人，而我有與他們搏鬥的手段。那麼，我找不出不戰鬥的理由。」

我告訴她。

嗯，抱歉。坦白說，我也無疑是那群爛人的一分子。換成兄長，或許會有更好一點的理由。

「原來如此。妳是個堅定的戰士。」

比起讚賞，依諾萊的口吻更像在分析某種資料。

也許這些終歸是在閒聊範圍內，老婦人在此時切換話題。

「那麼，黃金公主希望逃亡是真的嗎？」

「很遺憾，是真的。」

我坦率地承認這一點。

我非常清楚沒有確認事實就隨便說謊，反倒會導致情況惡化。雖然那是在從前的艾梅洛派頻繁可見的情景。

「呼嗯。理由呢？」

「她說是因為拜隆卿用來精練她們──黃金公主她們的術式已經變得效率低下。既然如此，為了自衛而逃亡也是一種義務。」

沒錯，她說是「義務」。

並非權利。

也就是說，黃金公主也只把自己的身體視為到達根源之渦的方法──代表她同樣具有身為魔術師理所當然的意識吧。

「……原來如此，聽起來很可能發生。」

依諾萊也點點頭。

「在我眼中看來，黃金公主的成果也出類拔萃。當階段改變，從前的方法論不再適用也很常見，而且拜隆卿也稱不上是頭腦靈活的人。」

也許是有些頭緒，銀髮老婦人敲敲自己的太陽穴。

「那麼，白銀公主可能知道某些訊息。」
「能請妳協助我們進行一對一訊問嗎？」
「很遺憾，插手那麼多的話算是公私不分吧。這次我只是妳們的監視者。」
她斷然拒絕。
儘管口氣與態度很直爽，依諾萊劃清界線的方式不愧是君主。唉，否則也無法擔任一大派閥的領袖吧。和最弱小的派閥艾梅洛不一樣。
「……究竟是從什麼時候開始的？」
背後突然響起低喃。
是格蕾。
「妳是說什麼事？」
「……啊，不，我是說黃金公主……當然，她或許從小就很美，但人類在成長過程中相貌應該會改變……」
「…………」
這番話莫名令我掛心。
只是，我無法順利地表達問題出在哪個地方。
相對的，我出於另一件事呼喚她。
「格蕾。」

「什麼事？」

戴兜帽的少女歪了頭，而我問道：

「在剝離城(阿德拉)案件中，兄長談論過調查需要的心理準備之類的東西吧。妳想，正常的推理對魔術師來說沒有意義什麼的。」

「啊……是的。」

灰色兜帽少女點點頭，結結巴巴地說：

「呃……什麼Whodunit和……Howdunit……在涉及魔術師的案件中沒有意義……之類的。」

我也記得那是偵探小說還是什麼的術語。

Whodunit——是誰做的？

Howdunit——犯罪手法是什麼？

原來如此，這兩點對魔術師而言太過薄弱。既然連使用的魔術都無法鎖定，那無論是以妖精之環穿牆還是以詛咒遠距離殺人，可行的可能性幾乎無限。

「不過，Whydunit搞不好是例外……」

「……嗯，有道理。」

我認同道。

魔術師作為某種超人甚至徹底騙過物理法則，在另一方面唯獨思想無法蒙混過去。

因為在某種意義上，魔術師可說是為此存在的生物。為了前往無法到達的「　」，將所有意志只匯集於這件事上的存在，不慎匯集於此的概念群。

……不管怎麼說，我也是其中之一。

「主人。」

托利姆瑪鎢發出沒有感情的聲音。

「擺放完畢。」

正如那句話，從前的黃金公主在床單上重現。

如同拼圖（Jigsaw puzzle）這個名稱，屍體就像被電鋸切割成近二十塊。那種美使人遺忘她已經死去的事實，甚至令人作嘔。

「身體部位……都在……」

死者的身體部位視情況而定，也會用於某種魔術上。

例如剛才也提及的死靈術等等就是如此。在西方，許多場合則與占星術（Astrology）互相影響，根據黃道十二星座賦予身體部位精神上的意義，當作各種魔術的觸媒（Catalyst）使用。

據說在剝離城的案件中，凶手仿照黃道十二星座與七十二天使，奪取魔術師的身體部位——暗中回收魔術刻印。

「看來本來沒有魔術刻印……不過，黃金公主、白銀公主可以說是魔術的成果，所以魔術刻印本身是由施術的拜隆卿保有吧。」

「……原來如此。」

這麼說來，她全心傾注於那個魔術是對父親和家族的奉獻嗎？

我受到血腥味造成的嘔吐感與審美的陶醉感相剋所折磨，觀察了屍塊一陣子。我之所以感到靈魂不時差點被帶走，正像是惡魔創造的美術。一方面也因為我是個魔術師，怎麼樣也無法將如此冒瀆的魔魅比喻成神的所有物。

「唔……？」

我的眼睛感到一絲疼痛。

在損壞的房門角落。

我伸出手指，在木材碎片和石地板之間輕輕摩擦後，有什麼東西黏在指頭上。

（這是……粉末？不對，是灰嗎……？）

我的眼睛會發痛，代表這東西本來就帶著某種魔力吧。考慮到這是魔術師的住處，也沒什麼好不可思議的。

「……萊涅絲小姐？」

「怎麼了？」

格蕾和依諾萊問道。

「……沒什麼。」

我用手帕包住東西，悄悄地收進懷中。

我隔著眼皮觸摸開始過熱的眼球，露出微笑。

「……總之，我要整理想法，先回房間一趟。」

3

朝陽將塔的影子深深地烙印在大地上。

秋季的南風(Notos)也清爽地吹得綠色草原起起伏伏。若非這種情況，我說不定會佩服地想，「創造」黃金公主、白銀公主的環境果然風光明媚。

不過，我現在沒有那個餘力。

累積的疲勞讓我光是沐浴陽光，就快像吸血鬼一樣化成灰燼。對了，至於實際上的吸血鬼——吸血種會怕太陽嗎？這大多得視情況而定，但我在返回陽之塔途中一心怨恨著太陽是真的。

為了盡量減輕疲倦，托利姆瑪鎢也回到行李箱，只點上常用的眼藥水後，我癱坐在床舖角落。

冰涼的房間牆壁感覺與昨天截然不同。

這裡本是魔術師的住處。既然關係不再稱得上友善，環境本身就化為巨大的敵人向我施加無形的壓力(Pressure)。宛如室內變成了巨人的內臟一般，讓我不禁發冷。

對了，也就是牆上平凡的汙痕看起來像人臉的那種情況。

根據科學解釋，人腦會將呈三角形的點認知為人臉——叫擬像現象之類的，最近好像也運用在數位相機等產品上，不過魔術會潛入這種心靈漏洞，從一般的心理撬開防禦，以最低限度的魔力帶來最大限度的效用，例如在咒術上似乎是基礎中的基礎。

相反的，施加暗示將自己重塑成「執行神祕的系統」是大多數魔術的基礎，許多工房納入了為此需要的功能。

（……又有多餘的想法摻雜進來了。）

我輕搖搖頭。

思緒分散到其他事情上是疲勞的證據。我缺乏足以持續專注於正事的能量。

「……萊涅絲小姐，要怎麼辦呢？」

「嗯，我姑且設下了保險，至於我們……」

話說到一半，可愛的咕嚕聲響起。

眼前的格蕾難為情地按住腹部，讓我發現我們錯過了早餐。

「總之，先吃東西吧。」

「……好、好、好的。可是，在這種時候總不能請伊澤盧瑪提供早餐……」

「我點了紅茶和司康就是了——不過既然妳說想避開伊澤盧瑪的餐點，吃這種早餐如何？」

我如此說完後，從行李箱裡拿出幾個瓶裝罐頭。

在口糧餅乾上塗抹肥肝醬，放上適量的醃菜並用另一塊餅乾夾住，看來很像樣。訣竅在於狠狠地塗上厚厚的肥肝醬，即使不太好看，只要肥肝醬的品質夠好一定會很可口。

還有──

「托利姆。」

「遵命，主人。」

叫水銀女僕在這段期間準備紅茶。

使用的是我們帶來的礦泉水。水銀女僕的一隻手馬上變成茶壺狀，讓內部的水煮沸。嗯，真方便。順帶一提，要偽造熱能以我的魔術迴路來說有點困難，所以是用同樣是我們帶來的酒精燈燃料，裝進托利姆瑪鎢變形的手中。

茶葉飄在沸騰的開水裡，房間內立刻充滿芬芳的茶香。

「……萊涅絲小姐，妳總是備有這種東西嗎？」

「嗯，大致上是的。」

其實，我繼承艾梅洛以前經常過著逃亡生活，因此養成了隨身攜帶最低限度保存食品的習慣。儘管我連想都沒想過會在這種時機派上用場。

我配合托利姆瑪鎢泡好的紅茶，將塗抹肥肝醬的餅乾擺在餐巾上。

「來，趁熱享用。」

「……啊，好的。感謝天主賜我飲食。」

少女劃出十字，吃下夾了肥肝醬的餅乾。

她一瞬間眨眨眼後，一小塊一小塊珍惜地品嚐著不算大的餅乾，吃了起來。

我也啜飲一口托利姆瑪鍋泡的紅茶。

酸味明顯的茶香大大提振疲憊的大腦。大約喝下一半後，我再加入許多牛奶和砂糖。平常我第一杯喜歡喝無糖原味，但這次大腦有點急需糖分。

我閉上眼睛，等待食物緩緩進入胃裡。

我感受到心中的躁動平靜下來，思考也漸漸恢復原來的狀態。

「好了，關於方才黃金公主的事——」

正當我也咀嚼餅乾之際……

「——咿嘻嘻嘻嘻嘻。又是凶殺案，我看是被幽靈附身了吧！不不，被幽靈附身是當然的吧！妳在英國也是精英守墓人，魔術師受到周遭詛咒也是必然的嘛！唔咯咯咯咯咯咯！」

尖銳的聲音在室內響起。

那刺耳又極度不吉利的內容，聽得我嘴角忍不住浮現笑意，向格蕾點個頭。

「……萊涅絲小姐。」

「嗯。動手吧，格蕾。」

當我同意後，固定裝置解開的喀嚓聲響起，格蕾的右手出現狀似鳥籠的「籠子」。突然被拋出來，使有眼睛和嘴的奇妙匣子感到不安，來回看著格蕾與我。

「咦？哦？格、格蕾，難道？不，等等，冷靜點，是我不好，快阻止她啊，萊涅絲小姐！」

「……你有點太多話了。」

格蕾面無表情地告訴他，下一個行動顯而易見。

她用右手牢牢地抓著「籠子」，用力上下搖晃。

「啊嘎嘎嘎嘎嘎嘎嘎嘎嘎嘎！」

宛如地獄罪人的慘叫聲在房間裡迴響。不，這要當成我的享受少了一些趣味，不過就忍耐一下吧。

我享受過哀鳴後點點頭，格蕾隨之停手。

眼珠骨碌碌地轉動著的滑稽匣子完成了。

「……惡、惡魔……」

那怨恨的聲音，正好在吃完肥肝醬後用來清清嘴。

這時，我往下看去。裝著托利姆瑪鴿的行李箱從裡頭傳來咚咚的敲打聲——那是事先決定好的警戒信號。

「感謝您寶貴的意見——對了，格蕾，雖然想往下談，不過看來我們有訪客。」

「……是。」

少女撫摸暈眩的匣子表面，匣子迅速被吸進斗篷的右手。

下一瞬間，來者沒有敲門就打開房門。

「能打擾一下嗎？」

「無禮地硬闖可不值得稱讚。」

我如此回答，微微瞇起眼。

一頭剃得很整齊的短髮，體格肌肉結實。

我緩緩地啜飲一口紅茶，想起來者的名字。

「你是……米克・葛拉吉利耶。」

「Yes！」

黑皮膚男子笨拙地閉起一邊眼睛同意道。

他是留下來的三名梅爾阿斯提亞派魔術師之一。

「有什麼事？」

「不，剛才妳們沒聽見奇妙的叫聲嗎？像和籠子一起被使勁扔出去的野貓叫聲。」

「是你多心了。」

我泰然自若地回答，以目光示意格蕾克制。說來也許意外，最早進入戰鬥狀態的是這名少女。她成長在不遜於鐘塔的嚴苛環境中，可不是虛有其表。以這種意義來說，她有時給我的印象像是分隔兩地長大的妹妹。不，嚴格來說我沒有問過我們之間誰更年長。

「是嗎？」

男子的手倏然伸向旁邊。

他的指尖結成某種印形。我還來不及疑惑，好像在亞洲的密宗——密宗佛教的課堂上看過那個圖案。

「आम्（但願如此）。」

啪鏘！一聲粗野的巨響迴響著，我感覺到某種魔力像蒙上面紗般覆蓋房間內部。儘管這股魔力對我們不帶惡意，但既然當著我的面施展魔術，我不可能保持沉默。

「你打算做什麼？」

「至少要先設個結界才行，因為有什麼人偷聽也不稀奇啊。」

男子隨意頷首，動作誇張地鞠躬。

「正如妳們所見，我的魔術是自成一派的密宗佛教，因為家世不好混入了各種東西。

既然我已揭露來歷，能稍微相信我一點嗎？」

「……也就是說，你要談不能讓別人聽見的話題？」

「哈哈，就是這樣。」

黑皮膚的男子搔搔頭，咧嘴一笑。

我不喜歡他的笑。那是從小看過許多次——最近也看得見其他種類的——僅限於表面的笑容。

接著，他悄悄將食指抵住嘴唇上低喃。

「其實，我是間諜。」

「……啊？」

他說得太過坦然，讓我的眉頭停在要皺不皺的地方。

米克依然面帶得意的笑容續道：

「我本來是受某個派閥的大人物委託，為了調查潛入這場社交聚會。」

直到這裡為止，都是時有所聞的情況。

鐘塔的派閥抗爭極其錯綜複雜。雙重間諜與三重間諜也不少見，這也是以源流刻印設立的分家想稍微減少這類背叛的，某種令人感動落淚的努力結晶。

「那麼，間諜先生我有什麼事？」

「我想和妳做一筆交易，艾梅洛的小姐。」

他說。

「和我？事到如今要交易什麼？」

我盡可能謹慎地發問。如果粗心大意地讓間諜逮住把柄，艾梅洛這種弱小派閥很可能會只因為這樣就煙消雲散。

可是，他的話跟我的所有預測都不同。

「……要不要就此瓦解伊澤盧瑪？」

＊

詼諧的聲調帶著殷切的意義在房間裡迴響。

瓦解伊澤盧瑪。

那等於直接向三大貴族巴爾耶雷塔宣戰。再加上黃金公主的死，這一招很可能將鐘塔整體拖進泥淖般的戰爭中。儘管如此，說出如此荒謬提議的男子只是嘿嘿傻笑。

「……萊涅絲小姐。」

連格蕾從背後傳來的聲音都微微發顫。

嚴格來說不是魔術師的她也知道那句話多瘋狂。彷彿那輕鬆的短短一句話是毀滅一個世界的咒語，她發出吞嚥口水的聲響。

我悄悄地拉近裝著托利姆瑪鴿的行李箱，慎重地問：

「……你在說什麼？」

「那還用說，就是字面上的意思啊。」

米克聳聳肩。

宣稱自己是間諜的男子態度大膽地直盯著我們。那得意洋洋的笑容裡唯獨眼睛沒有笑意，眼神像在看實驗中的白老鼠。

我直視著他問：

「你在自白你是凶手嗎？」

「不不不。」

米克舉起雙手，用滑稽的態度搖搖頭。

「這是巧合啦，巧合。唉，是真的，我完全沒想過黃金公主會像那樣死去。」

他頹然垂下頭，彷彿在表達有多沮喪。

「然而，巧合一旦發生就會被納入必然中。黃金公主死去的事已經是單純的事實吧。接下來只能以這個前提展開行動。哎呀，比方說，我打個比方，對於艾梅洛派——貴族主義而言，巴爾耶雷塔無力化不是正合心意嗎？」

米克說出不必講也知道的事情。

如此直言不諱地談論一般應該用暗示表達的內容，是輕視我年輕？還是認為我們只是弱小派閥，擺出高高在上的態度威脅？嗯，大概兩者都有。

「…………」

我的腦中掠過幾個想法。

我輕聲嘆息後說：

「你的目的是什麼？」

「目的？剛才提過吧？」

我故意以直率的口吻逼問驚訝的米克。

「你們梅爾阿斯提亞派應該始終是保持中立。民主主義的巴爾耶雷塔無力化與否，對你們無關緊要吧。所以，認為你另有目的很正常。」

「……哈哈哈。果然無法蒙騙過去嗎？」

米克刻意地清清喉嚨。

不過，我完全感受不到他打算蒙騙我的意思，純粹是想讓我說出結論而已吧。人類有不禁相信自己找到的答案的習性。姑且不論他是否打算欺騙我，為了使談話順利進行，他藉此來釐清前提。

這麼一來，他一開始說出瓦解伊澤盧瑪云云，也是思考過怎麼讓我認真考慮——怎麼縮減我對選項反應的結果吧。雖然胡鬧地主張自己是間諜，而且擺出非常隨便的態度，至少這個人安排的談話流程很合理。

也許是看清我的這般想法，男子依舊面帶得意的笑容拋出話題：

「其實，我想弄到一樣咒物。」

咒物——咒體。

雖然稱呼有好幾種，那大致上是帶有魔力的觸媒及物品的總稱。強大的咒物會用於魔術禮裝與術式的核心，決定其型態。只是在所有神祕持續衰退的現代，魔術師取得的咒物品質一路下降，若是優質咒物，以天文數字價格交易也不少見。

托利姆瑪鎢之所以能成立，也是依靠其基礎——月靈髓液的中心咒物，優質咒物的儲備量甚至和派閥的權威劃上等號。

「那件物品裡摻雜了某個幻想種的血……」

「我拒絕。」

我立刻拒絕。

男子瞪大雙眼，誇張地揮手控訴。

「喂喂喂，再多聽幾句後拒絕比較好吧？至少可以收集到資訊吧？」

「因為如果你說『都知道這麼多了，別想抽身』，我可受不了。」

「哈哈！真謹慎。」

米克搔搔剃得很短的頭髮，苦笑著說：

「那麼也罷。我也不強迫妳們，也不認為妳們會宣揚我的真面目。」

「……因為這樣做，等於自白我們果然才是凶手。」

其實，就算我說有間諜突然找我自白身分也不會有人相信。更何況我們是凶殺案的嫌犯。別說採取罪疑唯輕原則——頂多會判斷「把雙方都宰掉就行了」，把雙方都處理掉。

「妳真清楚——再會。」

黑皮膚男子的態度彷彿在說下次見面時會得到不同的答覆，轉身離去。

傲慢的氣息離開房間一陣子後，我躺上床，讓身軀陷入床舖。

以雙手摀住臉龐。

我的眼球發熱，眼皮極度沉重。

若能就此沉沒下去，該有多幸福啊……

「……萊涅絲小姐。」

「嗯？」

「不……用指甲抵著臉會留下痕跡。」

「……咦？」

回過神時，我閉著雙眼。我摀著臉睡著了嗎？

「哇！」

我嚇出一身冷汗，又立刻平息。

從窗外太陽的角度來判斷，時間還在下午。我好像小睡了大約兩小時。我安心地嘆口氣，撫摸臉頰。

「痕跡……嗎？」

儘管還沒到在意這些的年齡，但像有力派閥的夫人們一樣，尋找抗老化魔術的日子或許即將到來。像在社交聚會上遇見的邁歐那樣的藥師，依本人的實力水準而定會受到各方爭搶，成為植物科很大的收益來源。

因此，我發現一件事。

「——對了。」

我低喃地坐起身。

「萊涅絲小姐？」

「我想到一件事。在這裡說不定還來得及。」

「在這裡？」

「對。」

我微微點頭，感覺到嘴角勾起。

「起碼得找到線索才行。」

4

我們立刻折返月之塔。

我們沒有走進入口，仔細地觀察周遭的地面。為了避免不小心踐踏到，我謹慎地分開草葉尋找證據。

不久後——

「……賓果。」

我喃喃低語。

地面上清楚地殘留著一些連我的眼睛也看得出來的腳印。格蕾的話讓我想到在這個不同於都市，幾乎無人路過的地方，或許能追蹤社交聚會後的腳印。

「托利姆，這樣可以追蹤嗎？」

「我明白了。」

托利姆瑪鎢立刻觸摸那個腳印。

大約數秒鐘後，她回應肯定。

「腳印種類有十餘人。其中可以辨別出當天黃金公主大人的腳印。」

光。

「很好！」

我不禁擺出勝利動作。

希望大家諒解我有些粗魯的舉止。畢竟在如此無計可施的情況下，好不容易找到了曙光。

「馬上追蹤。」

「遵命。」

水銀女僕依然觸碰著腳印，身軀從手開始融化並立刻流向地面。

這種圖形辨識與統計是托利姆瑪鎢的看家本領。雖然追蹤腳印的方法太過古典，以至於我徹底忘了，反過來說，這對凶手來說也可能是個盲點。因為對自命超越世俗的諸多魔術師而言，腳踏實地搜索的概念在認知之外。

「格蕾，跟我來。」

托利姆瑪鎢變回原本的月靈髓液，開始滑進鬱鬱蒼蒼的茂密森林中，我和格蕾也追著她邁步奔跑。

很可惜的是，我和托利姆瑪鎢沒有達到共享五感的地步。因為她並沒有受到使魔術式的束縛。讓她得以成立的，始終是在鐘塔歷史上也很稀有的魔術禮裝月靈髓液，人格與人類外形只不過是我在那個基礎上，稍微加工製成的東西罷了。

所以面對這種情況，我只能老實地追逐她，但我認為這身衣著不太適合在森林行走。

灌木與樹枝偶爾會勾到洋裝，而且交給她自行判斷後，托利姆瑪鎢前進起來的速度毫不留情。

濕潤的土壤氣味很刺鼻。

未經人手改變的森林充滿各式各樣的味道。

嗆人的植物氣味、腐爛的落葉與斷枝裡摻雜了不知名動物的屎尿，魔術師偏好的森林本來大多靈力濃密，棲息著罕見的毒草與猛獸也不稀奇。不，可以說這種森林的神祕受到人類開拓的過程，正是從古代到中世紀的西歐歷史。許多古老的女巫傳說都起源於森林也是出自這個原因。

在努力追上她的途中，白色的物體很快地開始籠罩森林裡的空氣。

（霧……？）

當然，我知道湖區常常起霧。我來到這裡時也四處霧氣瀰漫，正因為一年裡有許多時間都被深深淺淺的優美白霧籠罩，這個地區也誕生了許多充滿浪漫的傳說吧。

「…………」

然而，我感到心臟在狂跳。

有種糟糕透頂的預感。就像小時候在漆黑暗巷裡，毫無來由感受到的畏懼。是誰說過那種直覺對魔術師而言，是稀有的資質呢？

「咦……？」

我喊出聲。

我不經意跟丟了跑在前頭的托利姆瑪鴿。

不只如此，我甚至感覺到連接自身和托利姆瑪鴿的魔力流動被截斷。

「——結界？」

類似米克方才用過的——但規模更大的魔術。

當我為了看清其真貌，用開始發熱的眼睛凝神細看之際，異狀化為另一種形態。

眼前豁然開朗。

利刃閃過樹葉沙沙作響的半空中。

「……萊涅絲……小姐！」

背後迸發一聲呼喊。

堅硬的聲響在我頭頂交錯。

伴隨著利刃交錯的影子分成兩半，其中一半化為兜帽少女著地。

「格蕾……！」

兜帽少女手持著死神鐮刀（Grim Reaper）。

誰想像得到那把鐮刀是那個亞德變成的。當這名少女需要時，說話粗俗的匣子會將身體變成驅魔的武器。

那麼，與那柄鐮刀交鋒的是什麼？

在霧氣中央，在格蕾眼前蠢動的事物以極度不祥的形態搖曳著。

「哈哈哈哈哈！喂喂，這是什麼啊！這對手真棒！陪著妳們時完全不會膩呢！」

亞德開朗的聲音也在霧氣中空洞地響起。

敵人的雙手異常地長，五指換成了鋒銳利刃。雙腿扭曲至堪稱關節反向的角度，上半身的角度則配合著腳，前傾到幾乎舔舐到地面。

那個是——奇怪的人偶。

「……這是？」

格蕾瞪大雙眼。

「自動人偶（Automata）？」

我的聲音也忍不住拔高。

能正常戰鬥的自動人偶不是已經無法製作了嗎？像托利姆瑪鎢一樣本質不同的話姑且不論，仿製人體的概念早已衰退。當人體解剖圖作為眾多人類的知識傳播開來，人們接受自身內部沒有什麼神祕的時候，這個概念就不再是個魔術。

不，根據兄長的假設，既然人體內還有尚未揭曉的黑盒子，神祕也尚未消滅，不過即使是非常優秀的魔術師，在自動人偶範疇也不及幾百年前的古董是事實。

那麼，這個是——

（是古董嗎？不，以古董來說看來莫名的新。）

我評估的同時，緊緊咬著牙。

少了托利姆瑪鎢，我幾乎沒有戰鬥用的魔術。因為我的魔術大致上都調整成研究用途了。

（可惡，所以我才跟兄長確認過，課程的分配比率這樣合適嗎！）

他說要繼承艾梅洛的祕術，這個課程分配比率最為理想，堅持不肯讓步。是啦，當然利用他對上一代當家的自卑感折磨他的人是我，但那個人在各方面都太無法割捨了！

「……萊涅絲小姐，退後！」

格蕾奔馳而出。

她以嬌小的身軀輕鬆揮舞在森林內看起來難以施展的大鐮刀。彷彿那是她從小熟悉的玩具，鐮刀和少女十分相稱。

三度過招。

少女與人偶的利刃接連對打。

死神鐮刀描繪的弧形，與自動人偶發出的直線攻擊以驚人的速度相撞。不同於許多魔術師，格蕾驚人的戰鬥能力不只是單純地「強化」肉體，而是融合了「強化」與細膩的技術。

（……可是……）

格蕾的特色是對靈體戰鬥。

她本人明明害怕幽靈，能力在大英帝國特別值得一提的陵園卻仍堪稱歷代數一數二。甚至在那座剎離城，據說她對上堪稱大軍的靈體群也寸步不讓。格蕾或許在面對魔術師時也能套用同樣的技術，不過對上自動人偶，連能不能發揮出幾成實力都很難說。

「…………」

自動人偶沉默地壓低身軀。

也許是體認到眼前的格蕾並非隨手宰得掉的對手，就算如此，它的下一個變化也超乎想像。

自動人偶的四肢進一步分裂，產生出利刃。

不只四肢。

就連製作得很端正的面容都突然裂開，長出更多眼睛。

「什……！」

三頭六臂是神性「全面皆觀，全面皆達」的表現，但這位製作者也將那個傳說當成魔術來利用嗎？若是如此，那個主意比起東方主義等等也太有現代風格了。

自動人偶跳起。

死神的鐮刀迎擊不再保持人的外形，像蜘蛛或螳螂般的六道利刃。

三度過招。

八度過招。

——一口氣來到第十七次。

手腳與視野增加為戰況帶來變化，這次格蕾的鐮刀開始落後——不，應該讚美靠唯一一把武器應付六道利刃的格蕾，然而在我眼中，自動人偶的利刃更常比少女搶先一步，格蕾漸漸開始陷入防禦戰。

雙方的激戰撼動森林樹木，綠葉散落。

那些樹葉也接連被切斷，利刃的軌跡浮現於白霧上。

「唔——！」

「喂，格蕾！」

當亞德呼喊的同時，少女的右上臂裂開，掠過一縷血絲。

或許是因為痛楚，格蕾的上半身一瞬間傾斜，自動人偶趁機拉近距離。宛如能與一陣風暴相比的刀刃怪物。浮現在死神鐮刀表面的眼球瞪視人偶，卻無法發揮任何制止作用，冰冷的利刀一個迴旋斜砍而下。

不過——

在即將砍到她前，一道光芒擊中人偶。

受到衝擊的人偶稍稍失去平衡，格蕾單手揮動鐮刀，強行打飛對手。

「……萊涅絲小姐。」

「這種程度我起碼還辨得到。」

我依舊伸出手臂，哼了一聲。

話雖如此，剛剛的光芒根本不是魔術。

那單純是賦予魔力形體，伴隨物理威力的咒彈。如果有人得知君主的家門依靠這種魔術，那可是丟人現眼。若是傳聞中的露維雅潔莉塔，應該能把咒彈昇華成號稱芬恩的一擊的詛咒，但現在的我不該抱有期望。

大約數碼之外，人偶從草叢中站起來，緩緩地左右轉動頭部。

正如我所料，它沒受到任何損傷。

看到它那副像在享受我們恐懼的樣子，格蕾悄然呢喃：

「……亞德。」

隨著聲音，我感到氣溫突然下降。

格蕾的周遭開始捲起宛如肉眼看不見的漩渦一般。

少女與鐮刀開始吸收周遭的魔力。這是她身為守墓人的異能，對手若是沒有實體的靈體，光是這樣就足以造成致命傷。然而，面對魔力固定的自動人偶，效果只停留在單純增加自身的「強化」上。

儘管如此，她也感覺有必要這麼做。

自動人偶的臉龐笑了。

三張臉孔大笑。

狂奔。

激烈衝突。

人偶的利刃與鐮刀相撞，少女以那個部分作為支點，優美地翻觔斗。她的動作讓我想起體操動作月面空翻，死神鐮刀也如新月般劃過虛空。乍看之下像某種雜技，卻是格蕾集渾身之力發動的反擊，也乘著墜落的勁道用蠻力壓向人偶。

嘎嘰——異樣的聲音響起。

應該接下攻擊的人偶利刃粉碎了。

「咿嘻嘻嘻嘻嘻！用這招比力氣我們可從沒輸過！」

「……再來一次！」

隨著亞德的叫喊，格蕾揮起鐮刀。

可是，這次輪到少女僵住身子。在應該遭到痛擊的極近距離下，人偶的嘴巴大大地裂開——從中衝出如內臟長槍的古怪器官。

不管是多麼身經百戰的強者，我認為也抵抗不了這種偷襲。

那麼，她在千鈞一髮之際躲開，不只是剛才的「強化」增幅發揮了效用，更是靠天性的直覺吧。還是說，有某種連我也不知道的魔術支援又對格蕾起了作用？

「唔──！」

格蕾隨著後空翻退下。

但自動人偶沒有進一步追擊。相對的，它在少女拉開距離時同樣跳到樹上，以我無法辨識的速度在樹枝之間跳躍後退，消失在白霧彼端。

「──逃掉了？」

「……好像是。」

格蕾收起亞德，小聲地說。

她的聲音帶著羞愧的氣息，大概是覺得自己太大意。雖然從我的角度來看，光是幾乎沒受傷就克服難關也已經很了不起了。不，實際上如果沒邀請她同行，一切都會在這裡結束，所以我也想再次感謝過去謹慎的自己。

「那麼，托利姆呢？」

她消失到哪裡去了？

我思考一會兒，從懷中拿出鎖鏈。鎖鏈前端鑲著紫水晶，是經常用來探尋地下水源與礦脈的魔術探索用工具（Dowsing）。格蕾剛才吸取魔力而使結界變得薄弱，我認為即使以我目前的裝備也能突破結界。

我將鎖鏈纏在手腕上，筆直垂下前端的紫水晶。

「——調節吧。」

鎖鏈微微搖晃。

我將目光轉向那個方向。往已經開始發熱的魔眼匯聚力量，用盡全力揮動鎖鏈。

「——來吧(Thou)，暴露汝之預兆(betray your sign)！」

霧氣晃動。

雖然霧沒有完全消失，但視野變得清晰許多，森林的前方顯露出來。

「動作快！」

我呼喚格蕾，向森林深處跑去。

最後，我們在沒多久後抵達目的地。

那是一片開闊的土地。

在泉水旁。

鬱鬱蒼蒼的茂密森林中，唯獨那裡看起來像特別的空間。從汩汩湧出的泉水判斷，說不定實際上就是如此。在某種東方的觀念中，靈穴常常與泉水位置一致。在西方也一樣，使泉水湧出的神蹟長年來都被視為聖人的奇蹟。

可是，現在——

「……托利姆？」

托利姆瑪鎢佇立在那裡。

水銀肌膚反射秋季的陽光，她只安靜地注視著腳邊。不，她真的在看嗎？對於本來就不是生物，只是模仿人類形體的她來說，眼睛並非感覺器官。

最重要的是，她與我的魔力連結至今仍未恢復——

「——！」

我停止呼吸。

「怎麼……會……」

在我背後，格蕾茫然的呻吟融入空氣中。

那是不應該發生的事——紅色弄髒了托利姆瑪鎢的手。比起那個令我暈眩的顏色，然而，此刻的我牢牢盯著飄浮在泉水中的另一個人影。

致命得無藥可救。

「……卡莉娜。」

不，是雷吉娜嗎？

黃金公主與白銀公主的貼身女僕之一，變成屍體漂浮在泉水中。

5

「……萊涅絲……大人。」

托利姆瑪鎢動作生硬地回頭。

從她手上滴落的紅色，與水銀肌膚不可思議地相稱。和充斥在那個房間裡的氣味，相同的血腥味幾乎都被風吹散，感覺不到。

「妳……」

我發出呻吟，從背後傳來另一個聲音。

「哎呀，等等。別動。這種情況叫保護案發現場嗎？還是應該說是逮捕現行犯？」

「唔——！」

那道聲音正來自於主動負責監視我們的對象。

穿著綠色禮服的老婦人，從樹葉不祥散落的森林中央直視著我們。

「巴爾耶雷塔閣下……妳怎麼在這裡？」

「彼此彼此。我剛才感受到奇怪的魔力氣息。」

她是指那個結界吧。我在森林中被關進結界時，外頭的依諾萊同樣也察覺到異狀。然後在我們和什麼自動人偶拖拖拉拉，打個沒完的期間，她追到這裡來。

「……可以請妳說明情況嗎？」

「當然。不過……」

「……萊涅絲……大人。」

托利姆瑪鎢緩慢地移動。

大概是因為我的出現，正試圖恢復被截斷的魔力線路。

「不過，這個不行。」

巴爾耶雷塔閣下的手觸碰綁在腰際的小袋子。

老婦人抓起一把東西，隨著簡短的咒語拋擲出去。

那把沙子灑在大地上，瞬間徹底束縛本來形狀應該不固定的托利姆瑪鎢。

（沙畫……？）

我辨識出灑落的彩砂宛如密宗的沙曼陀羅般，忠實地重現了托利姆瑪鎢的模樣。

這就是巴爾耶雷塔閣下的魔術。

沒理會停止不動的托利姆瑪鎢，老婦人的背後又出現新的氣息。

「……卡莉娜。」

雙胞胎女僕之一低吟。

（……唉。）

如同我最初的印象，看來在此處遇害的是卡莉娜。

然而，知道這一點又有什麼用？

踩著濕潤泥土的腳步聲，當然還有另一個。

「可以請妳說明情況嗎，艾梅洛的小姐？」

拜隆卿以拐杖拄著地面詢問。

他之所以會和女僕在這個時機前來，無疑是和巴爾耶雷塔閣下一樣，感受到結界的魔力。說不定他們與巴爾耶雷塔閣下是同行而來，但事到如今無論怎麼說都一樣。

「那個水銀女僕看起來只像殺害了卡莉娜後，企圖將屍體拋進泉水裡湮滅證據。她正準備綁上重物嗎？」

「…………」

哎呀，真是的。

儘管狀況有些不合理之處，作為現實而言很有說服力。如果我也處於相反立場，也只會這樣認為。

「我有我的說詞。為了澄清，能請妳釋放托利姆瑪鎢嗎？」

「有人會愚蠢到將炸彈交給殺人犯嗎？」

這個回答同樣非常合理，我只得點頭認同。

走投無路。

不管怎麼想，我也想不出從此挽回局面的方法。托利姆瑪鎢以太過明顯——過於露骨的形式做出殺人犯行，相對的，我連好好辯白也做不到，只能呆站著不動。

說出結界和自動人偶的事？

不，至少要結合證據與假說，否則對方只會一笑置之作結。阻攔在我面前的並非追求真相的警察或嫌犯，是一有可乘之機就會企圖貶低巴露忒梅蘿派的敵對派閥長老們。

簡單來說，這絕不是為了解決案件所做的行動。而是既然恰巧有敵對派閥的人作為犯人，那就順手吊死她就行了的女巫審判。

拜隆卿又一步、兩步地走向我。

「怎麼了，艾梅洛的小姐？妳認命了嗎？」

「……哈哈，你說笑了。」

我試著耍嘴皮子回答，卻完全找不到頭緒。

從我準備調查的部分開始，漸漸沒入泥沼的感覺。不，泥漿明明已經蓋過我的頭頂，只是我卻假裝沒發現，不是嗎？

「萊涅絲小姐……」

我也假裝沒聽見格蕾的聲音。

我能做的，只有延後投降的時刻。

連爭取時間都算不上。即使如此，唯獨一絲倔強橫亙在胃部深處，不容我輕易屈服。

可是，那也只有一點點而已吧。

就像扣錯紐釦一樣的瑣碎小事。

因為我已陷入僵局，累積了太多荒唐愚蠢的選擇，只能全面坦承，清算到此為止犯下的罪，被逼得走投無路……

然而——

「……妳究竟在做什麼，女士？」

一個修長的身影出現在跟巴爾耶雷塔閣下等人不同的方向。

我不禁回頭仰望。

那名男子口中叼著細雪茄。

長髮與大衣都一片漆黑。紅色圍巾從肩頭垂下，極度不悅地緊皺著眉頭。我知道他乍看之下倨傲的外表，證實了他其實致命地缺乏自信。知道因為欠缺的事物太過龐大，反倒將這名魔術師妝點得好像獨當一面的事實。

正因為如此，這個人對我而言太過耀眼。

「……兄長……」

「真是的，一不注意就弄成這個樣子。妳別這麼放縱行嗎？」

我的兄長沒說半句「我很擔心妳」或「妳沒事吧？」之類的話，只露出一如往常的不悅表情俯望我。

「……………唔！」

我也不由得恢復老樣子。

「再怎麼說，你來得還真快呢。難道是為了可愛的妹妹慌張跑來的？」

「老、老師？」

他突如其來的登場讓格蕾驚慌失措地眨眨眼。

在吃東西前，我說過姑且設下了保險。

為了慎重起見，我事先以「手機」告知過他黃金公主想逃亡的提議。古老的魔術師工房大多遮蔽了通訊用魔術，但對於現代科學的防範措施空洞不已的情形並不少見，伊澤盧瑪也不例外。

只是，我想都沒想過兄長會在隔天下午親自前來。

「我怎麼能把妳的麻煩交給別人。剩下的大教室課程我請夏爾單老先生代課了。」

那是艾梅洛教室老牌講師的名字。

原本是三級講師的兄長說服那位老先生，將他拉出隱居處講課，明明年事已高，真是操勞。

他滿是不悅地皺起眉頭，面對這個悲傷的情況一如往常地越說越起勁。

「是啊，雖然我搭乘西海岸幹線，立刻抵達了溫德米爾車站，但因為這座城本身位於某種結界內，也不能找本地人打聽地點。拜此所賜，我的鞋子不知道弄得有多髒。」

「反正是交給格蕾打理的吧。」

「我希望妳反省一下自己給別人添了麻煩。」

我也沒問兄長是多麼匆忙地趕來，也沒感謝他將格蕾細心擦亮的皮鞋沾滿泥濘。身在女僕的屍體漂浮在水中，染血的托利姆瑪鎢停止活動的現場，他仍然毫不懷疑我們，這件事不可能打動我。

接著——

我的兄長面不改色地——他唯獨這種演技練得很高明——重新轉向在場最有權威的老婦人。

「這裡交給我來處理。妳不介意吧，巴爾耶雷塔閣下？」

「哦？你敢對我說這種話？」

依諾萊反倒愉快地微笑了。

「當然敢說。姑且不論本領，我在作為君主這一點上和妳是對等關係。」

唉，他以為他掩蓋得了那雙腿正在微顫嗎？為什麼這名男子打算正面對抗在十二君主中，也被另眼相看的三大貴族——巴爾耶雷塔閣下呢？這麼做打從一開始就很荒唐。因為等級相差太遠，看起來不是比挑戰大象的螞蟻更加無能嗎？

不過，也罷。

也因為兄長是這種人，我才想試著把艾梅洛交給他。

「我再說一次吧。」

兄長正面開口。

我的兄長昂首闊步，戴著手套的手臂橫揮過眼前，堂堂正正地宣言：

「我以艾梅洛閣下II世的身分，接下這樁案件。」

✦ 第四章 ✦

1

「我以艾梅洛閣下II世的身分，接下這樁案件。」

他所說的內容幾乎等於是宣戰宣言。

不僅突然闖入庇護自己的弟子，還斷然要求接管案件——這不是宣戰宣告是什麼？

實際上——

「——那可不成。」

開口拒絕的是拜隆卿。

把事情交給巴爾耶雷塔閣下處理觀望情勢的他，在兄長登場後似乎無法再默不作聲。

「我們對於令妹的懷疑已超出限度。哪怕是君主的命令，也無法輕易答應轉讓案件的主導權。」

鳥啼聲從遠處響起。

彷彿難以忍受魔術師們匯集到森林中央的敵意一樣。

「…………」

我的兄長與那位當家對峙後，垂落視線半晌。

然後——

「你無意特別隱瞞黃金公主的術式吧。」

「……唔……你在說什麼？」

兄長對一瞬問停止吐息的拜隆卿越說越起勁。

「陽之塔、月之塔；黃金公主與白銀公主，這顯然是將太陽與月亮的術式比擬成黃金與白銀。再加上，術式的基礎看來是以煉金術為中心思想。將太陽與月亮當成比喻使用也是，尤其在西方煉金術裡是很常見的模式。煉金術原本的目的是將卑金屬變成黃金——在這個比喻下，被視為是用來將沾染世俗的人類，化為媲美神之存在的大工程(偉大祕法)，這代表黃金公主、白銀公主的究極之美就是這麼回事吧。」

兄長好像讀誦劇本般流暢地仔細說來，咀嚼解釋著黃金公主的術式。

不，這個情況或許真的是在咀嚼術式也說不定。

因為拜隆卿本來面露苦澀地聆聽開場白，在聽到後續台詞後臉色逐漸改變。

「但實際看到陽之塔與月之塔後，我感嘆不已。在實際形成黃金公主上，你所做的是在人體內側導入行星運行的行為。小宇宙(Mikrokosmos)和大宇宙(Makrokosmos)的呼應是魔術的基礎，不過就算有人想得出將此導入平常生活的住處，使人類生活本身化為行星運行的構想，會實行的人也很少。

各位的飲食、睡眠甚至是排便，多半也遵循著這種週期吧。如同古老國度的名言——

醫食同源一般，正是經口攝取的東西構築了人類的肉體。舉例來說，秦始皇為了追求長生不老而服用水銀這件事本身沒有錯，只是若未同時形成如行星般的肉體，水銀就會變成毒藥。你們十分清楚這個理論，讓飲食與生活，甚至環境都跟自己的肉體合而為一。以這片土地上的一條靈脈(Ley Line)為例都是如此。你們從平常就強制自己使用如東方的禹步，與西藏的獨特技法一般，從大地導入魔力的步法吧。

太陽與月亮為天之諸力，飲食與生活為地之諸力。也就是說，黃金公主與白銀公主也可能成為應該稱作這片土地化身的存在。更別提你們家系代代一直持續積累那樣的行為，那麼——」

「住口！」

吶喊聲迴盪。

拜隆卿忿恨地瞪視我的兄長。

那是當然。自己的魔術當面遭到解體是相當於揭露靈魂的行為。況且，在如此高階的魔術師齊聚時這麼做——就算沒被輕易模仿，祕藏的技術也很可能被人拿走。

各派閥掌握的魔術專利，正是堪稱魔術師生命線的特權。

「好，那我就不談了。」

兄長也乾脆地點點頭。

沉重的沉默如同烏雲沉甸甸地密布。

拜隆卿宛如亡靈般注視著我的兄長，彷彿在瞪著在眼前偷走傳家之寶的強盜。

「原來如此，這就是艾梅洛閣下嗎？」

苦澀的話語匍匐地面。

「方便的話，請加上Ⅱ世。我不認為自己與那個名字相稱。」

「……既然您如此要求。」

拜隆卿露出諷刺的笑容頷首。

看到他的反應，我的兄長也深深地彎腰鞠躬。

「……那麼，懇請拜隆卿寬宏大量地容許我參與案件調查。」

「……好吧。」

拜隆卿一臉苦澀地同意。

因為要是在此時拒絕，被他繼續談論剛才的解析也難以忍受。兄長的警告確實地限制了拜隆卿的選項。

拜隆卿苦惱了一會兒後，用拐杖戳著森林雜草說：

「不過，我要設定時限，這種情況實在不能擱置好幾天——沒錯，我保持沉默的限度就到明晚為止。」

「我明白了。」

「……那個條件真的可以接受嗎，兄長？」

我姑且也悄悄地說了一句。

但相對的，兄長只是微微用眼神向我示意，與拜隆卿對峙。

「…………」

在森林濃密的空氣中，我的鼻腔深處感受到鐵鏽味。

那當然是錯覺。然而，對峙中的兩人氣息密度漸增，甚至造成那種錯覺。如果那股氣息化為魔力驅動，顯然能立刻化成千變萬化的魔術。另外在那個情況下，其中一方的魔術師或許會被殺。

身為魔術師的強弱等級早已評定。

縱然如此，弱者仍目不轉睛地看著強者。

「……嘖！」

拜隆(強者)卿輕輕咂舌。

他的目光倏然轉往依舊定在泉畔的托利姆瑪鎢。

「還有另一件事。我不能歸還這邊的月靈髓液，畢竟這有用於殺人的可能性。」

「嗯，你說的很對。這也無可奈何。」

兄長也點點頭。

不過，他從大衣內取出一張紙條厚著臉皮說：

「相對的，我想請你立下保管字據。」

「……呼呼呼。在這方面不依靠魔術，你真是優秀。」

旁觀的依諾萊發出苦笑。

雖然效果不到自我強制證明（Geass Scroll）的程度，也有幾種與他人交易時進展順利的魔術。可是考慮到兄長的實力，半吊子的魔術干涉是自殺行為——結果他採用立下保管字據這種極為原始的方法。

拜隆卿神情煩躁地遞回簽了名的紙張後掉頭，女僕雷吉娜一瞬間依依不捨地回頭，也跟著主人離去。

連帶的——

「相當有趣啊，艾梅洛閣下II世。那麼，各位保重。」

依諾萊碰觸腰際的袋子，沙子再度散落，包覆被定住的托利姆瑪鎢。

這些沙子原理上應該和托利姆瑪鎢相同，大概是很不錯的觸媒，卻並非如月靈髓液一般的高度魔術禮裝。這代表使用者需要具備更強大的魔力與技術，讓我見識到三大貴族之一的實力。

當三人的氣息遠去，我拚命忍著不讓雙腳癱軟。如果現在倒下，感覺會站不起來。即使並非如此，我也唯獨不能在剛才來到這裡的人面前暴露那等醜態。

「……哎呀呀，才剛登場就大張旗鼓地出手啦，我的兄長。」

我摻入調味料等級的些許挖苦之意瞪著他。因為老實說，「你做了什麼啊？」的哀嘆比安心感更強烈。

「我還以為你會無意識地解體別人的魔術呢。」

「……嗯，我很少那樣做。」

也許是真的很出乎意料，兄長眉頭皺得更緊了。

不過，就算他在剛才與拜隆卿交鋒後說出那種話，可信度也極低。我有點覺得，明明因為別人的霸道行徑感到胃痛，但其實他本身不也很霸道嗎？這麼說來，在第四次聖杯戰爭時，就是這名兄長擅自拿走上一代當家取得的聖遺物。

「……果然是無意識嗎？」

「這次是特殊情況。」

兄長說完後撇開視線。喔，這種反應好新奇。說不定有今後有開拓的空間。人啊，即使來往十年也意外地會有新發現。

「唉，我就當成你是想幫助妹妹操之過急吧。嗯嗯，姑且先謝謝你。」

「為什麼妳會在這個過程中把道謝擺在最後的最後？所以妳才沒有朋友吧。」

「嗯！朋、朋友什麼的與你無關吧！」

「既然我好歹是妳哥哥，我對妹妹的交友關係也有責任。完全沒朋友實在不好。」

「……哦？但我的兄長啊，這個話題不是也會傷及你自己的雙刃劍嗎？」

「唔！」

「不不，兄長有優秀的朋友呢。真抱歉，畢竟你可是把珍惜萬分的『抵押品』託給那個人保管。」

「唔！和那傢伙無關吧！」

「……老師。」

從極度緊張感中解放的輕鬆感讓我不小心只顧著談話，而格蕾在這時插嘴。

「又有一個人過來了。」

「……咦？」

我回頭望向格蕾瞪視的森林暗處。

與剛才的兩人交錯現身的，是一頭黯淡緋紅髮絲的女子。

「哎呀呀，急忙趕過來看看，卻來了位有趣的人物呢。」

那名女子令兄長瞪大雙眼。

「……妳是……」

然後他仔細地注視她的樣貌，喘氣般低語：

「……固定了嗎？」

「喂喂，第一句話就說這個？我會想殺掉你的，所以別說了，君主。」

橙子非常凶惡地說。

她接著戴上放在胸前口袋裡的眼鏡，柔和地笑了。

「初次見面，艾梅洛閣下II世。能見到你是我的榮幸。若說是蒼崎，你知道嗎？」

「妳就是蒼崎橙子……」

我也聽出兄長與橙子對話的意思。

在初次露面宴會上相遇時，我也想過類似的事情——那就是實際年齡的問題。雖然不記得詳情，至少橙子獲選為冠位後，已經經過了十幾年。明明如此，她的外表卻仍保有二十幾歲的青春光彩。

希望大家別誤會。

這並非單純是靠打扮裝年輕。要延遲老化的魔術要多少有多少，長生不老在某種意義上也可說是使魔術進步的泉源。但是，她的外表怎麼樣也不屬於那種範疇。

她完全完成固定了。

不只外表，整體的她已經固定了。儘管純粹是印象上的見解，但面對這種對象，這種第一印象常常具有奇妙的含義。當然，有些傢伙會反過來利用這種第一印象，然而……

「剛才與拜隆卿他們擦肩而過時，我聽說了情況。」

橙子乾脆地改變話題，詢問我的兄長：

「聽說你要負責這樁案件？」

「是有此意。雖然才疏學淺，我將盡微薄之力解決案件。」

「這樣啊。意外地具有挑戰特質是艾梅洛的傳統嗎？」

「……你們不是初次見面嗎？」

格蕾皺起眉頭，而橙子低聲發笑。

「不是Ⅱ世，是和上一代艾梅洛有緣。從前，我曾為上一代當家提供義手。」

「唔……」

格蕾的表情為之一變。

「那是……第四次聖杯戰爭的……」

「哎呀，妳知道？」

橙子意外地眨眨眼。

格蕾大聲吞嚥口水，直接僵住不動。

「難道說，妳也參加了那場戰爭……」

「喔，希望妳不要誤會，我並沒有直接參加那場戰爭。如同剛才所說，這是我第一次和Ⅱ世正式見面，雖然只有帳款是請Ⅱ世支付的。」

「……是啊。」

兄長輕輕乾咳一聲。

聲音空虛地在森林空氣中迴響。

「聽說封印指定停止執行了。」

看來兄長不免知道關於橙子處置的命令。

不過別看他那樣子，他也是鐘塔的重要人物，當然知道為數不多的冠位待遇。

相對的，橙子不感興趣地微露苦笑。

「在鐘塔（那邊）跟我暫時和解的期間是如此。天曉得可以維持幾年呢？」

她說得事不關己。

許多魔術師憧憬同時畏懼的封印指定，好像只有她會當成無聊至極的國際新聞看待。

這也是冠位的超越性所致嗎？還是只有她是特別的？

「不管怎麼說，很高興能像這樣見到你。我很期待喔，艾梅洛閣下II世。」

她揮揮手，拋來淡淡的微笑。

2

——這一次。

在其他人離去之後，兄長檢驗了卡莉娜的屍體。

兄長意外地不怕屍體，至少在驗屍時不曾露出驚慌之色。魔術師雖然樂意參加賭上性命的鬥爭，但並非人人都習慣面對死屍。

那麼，說到兄長是在何處習慣的……答案果然只有一個。這名男子人格的形成完全離不開聖杯戰爭。

他把屍體搬運到泉畔，摸索染血的傷痕一帶。

「……死因是一擊刺中心臟嗎？」

兄長小聲嘀咕。

即使擁有相當高階的魔術刻印，心臟一受創就會立刻死亡。這名女僕說不定也懂一點魔術，但那似乎救不了她的命。反過來說，這也代表凶手的殺意十分明確。

「這個是？」

兄長從她衣服下取出某個裝飾品。

好像是將碎裂的石頭串上繩子製成的項鍊。石頭上刻著漩渦花紋，看來具有某種魔術上的意義。

「……看樣子是凱爾特的護身符。可惜似乎沒派上用場就是了。」

兄長一瞬間面露沉痛之色，鄭重地向屍體閉目致意。

「請他們安排明天憑弔她吧。」

然後我們前往塔內，也確認了黃金公主的屍體。

他們姑且有依照我的要求，保存了案發現場。面對黃金公主化為屍體後也不變的美，連兄長也倒抽一大口氣。在這邊也調查過一番後，我們再度走到塔外。

兄長選擇的地點，是能同時放眼望盡陽之塔與月之塔的草原。

潮溼的風沙沙吹過，正好有塊大小適中的岩石，走累了的我癱坐下來。

另外，我們沒停留在任何一座塔內，是考慮到兄長說：「怎麼能在其他魔術師的住處談論要事。」的意見。在古老的魔術家園，當然連土地上的每顆小石子都有管理者的意志滲透其中，但還是比住處內好得多。

癱坐在岩石上的兄長頻頻撫摸臉頰後垂下頭。

「……我還以為死定了。」

他彷彿從胃裡吐出話語似的表露。

「可以不要才剛展開調查，就說出這種不止於軟弱的喪氣話好嗎？」

「我從昨晚就幾乎整晚熬夜，在電車上也睡不好，還從溫特米爾車站開始不斷奔跑，直到與妳見面為止！結果還得不斷調查！我希望妳承認我的努力！」

好歹身為君主，說出這種像職場新鮮人的話怎麼行？不，要求別人唯獨承認自己努力的新人，我想無論在什麼地方都不太受歡迎。

兄長忍著頭痛，從懷中取出雪茄。

他用小刀切掉茄帽，以烘烤方式點燃後大口地吸進肺裡後說：

「……總之，試著整理到目前為止的情況吧。」

他隨著氣味強烈的煙霧開口。

「案件的情況嗎？概略就和我用電子郵件傳給你的內容一樣。」

「不，我想整理的是，黃金公主、白銀公主是如何獲得那麼驚人的美？」

兄長的回答讓我緊緊皺起眉頭。

「等一下。我的兄長啊，你不是來查出凶手，幫助我的嗎？」

「……老師……」

格蕾的口氣聽起來也摻雜著幾分責怪，這應該不是我的錯覺。

「不不……所以說，這對查明案件是必須的。」

「……真的嗎？」

格蕾難得地不肯罷休。

應該是因為她知道，這名男子只要涉及魔術，就會比想像中更本末倒置地熱衷追求。與欠缺的才能相反，我的兄長在這一點上是非常「像魔術師的魔術師」。

「那我暫且相信。」

用這句話當開場白，我繼續說：

「關於黃金公主與白銀公主的術式，兄長想知道什麼？」

「不，別問得那麼不感興趣啊。再說，幾乎所有女性都想變得更美吧？」

「我沒怎麼想過。」

當我誠實以告後，兄長深深地嘆了一口氣。

「女士。妳不是騙人，就是人生充滿太多殺機了。哪怕是好萊塢電影演員，想動整形手術的人也多得很。更何況現代手術的種類五花八門，不必動刀也能進行的整形很常見喔。」

「……是這樣嗎？」

格蕾怯生生地插嘴。

哎呀，她會追問那種話題真是意外。但是她的聲調聽來也潛藏著一絲陰影。當我心想這次回鐘塔後要精心為她化妝時，兄長微微頷首。

「因為所謂的化妝本來是種魔術。」

他以手指撫摸臉頰附近。

「在目前發現的形跡中，最古老的化妝可追溯至我們成為我們之前——數萬年前，據說是因為害怕昆蟲、惡魔、惡靈從眼、鼻、耳、嘴這些孔洞侵入體內，所以塗上鮮豔的色彩。在新幾內亞內陸與亞馬遜叢林至今仍會畫這種驅魔妝，所以妳們也覺得有些熟悉吧。與驅魔相反，也有用於招來守護靈與神祇的妝，這部分也由現在的靈媒等繼承。

然後，一開始用來驅魔和除蟲的化妝，大約在古埃及時發生重大變化。著名的例子是西元前十四世紀左右，新王國時期的王妃娜芙蒂蒂吧。經研究確認，她使用青金石製作染料畫眼線之類的。當然有很多化妝品對身體有害，不過『打扮得美麗』的價值比較受到認同。後來，即使一部分化妝方式的毒性為人所知，化妝依然不斷廣泛傳播，由此可以看出美這個價值觀的驚人力量。」

對於仔細闡述的兄長，我覺得非常不可思議。

因為他平常一副女性的美醜無關緊要的樣子，聽到那張嘴說出化妝的歷史云云也難以消除異樣感。

也許是感受到我覺得很奇怪，兄長刻意地清清喉嚨後續道：

「就算限定要動刀的整形手術，史上最古老的紀錄也要追溯至古印度。當時存在著削鼻的刑罰，據說為了讓受刑者的臉變得正常點，會進行手術，從別處移植皮膚。另外還會進行在耳垂上打洞拉長的手術，當時的醫學書籍《妙聞本集》中也有記載。不過，伊澤盧瑪的魔術也在這種追求美的歷史上成立。依照記錄，光是從伊澤盧瑪家在這片土地上展開研究時算起，超過十代以上——大略估算應該花費了幾百年。」

兄長說到這裡後暫時停住。

他彷彿在說自己有一陣子不會動般癱坐著，用目光觀察我。因為這種催促方式太明顯，我也不禁哼了一聲。

「說起話來還是一樣長篇大論，不過總之，我的兄長想這麼說吧？花費那麼多時間的黃金公主研究突然開花結果，是不是有什麼理由？」

「答對了。」

兄長點點頭。

他的手指在藍天下轉了一圈。這是他在艾梅洛教室也不時會做的習慣動作。

兄長以兩指夾住雪茄，壓低音量往下說：

「而且，我無意中聽到幾個可疑的傳聞——據說伊澤盧瑪在上個月買下了某樣特別的祕寶。」

「祕寶？」

看到我皺起眉頭，渾身染上雪茄味道的兄長對我輕聳聳肩。

「畢竟那是場只招待會員的地下拍賣會，我不清楚祕寶的真面目。好像有許多魔術師都盯上那樣東西，而伊澤盧瑪幾乎只追那一個目標，拍了下來。」

聽完兄長的話，格蕾不可思議地問：

「伊澤盧瑪這麼富裕嗎？」

「不，我沒聽說過這種傳聞。」

兄長回答。

拍賣結果導致伊澤盧瑪為資金周轉所苦……也不是不可能。因為魔術師原本就是非常花錢的行業。等價交換之類的美麗原則終歸是場面話，為了創造一公克黃金，耗費滿滿一泳池黃金的浪費與傾家蕩產才是魔術的本質。

而且，也有從那種濫用中才可能誕生的幻想存在。

「對了，那個人也說過同樣的話。什麼他有不管怎麼樣都想弄到手的咒物。」

我沒有說他自稱間諜。

米克．葛拉吉利耶──邀請我瓦解伊澤盧瑪的男子。因為那個招攬太過可疑，我都快忘記了，但這麼看來祕寶本身確實存在。

「呼嗯。那麼，我的兄長想說黃金公主是藉由那樣祕寶完成的嗎？」

「……唉，我一開始是這麼想的。」

兄長含糊其詞地搔搔頭。

「可是時期怎麼算都有出入。」

「時期？」

「對，我方才也說過，黃金公主與白銀公主的術式是以太陽與月亮為基準。也就是說，不管配合什麼樣的祕寶都將以那個週期為基準……可是，這一個月左右的情況實在不佳。只看月亮的話，因為會巡迴一周還有辦法解決，但談到太陽與月亮的術式就不太好了。」

聽他說到這裡，我總算理解一件事。

「……喔，原來如此。不愧是我的兄長，你真壞心。」

「這是什麼意思？」

一旁的格蕾不解地歪歪頭，我苦笑地開口：

「也就是說，剛才兄長在拜隆卿面前解體魔術給他看，也是為了確認黃金公主與白銀公主所用的術式是否真的是太陽與月亮的術式吧？」

「……啊。」

大概是終於理解了，兜帽少女瞪大雙眼。

「因為那種勃然大怒的反應實在不像在演戲。哎呀呀，兄長對在鐘塔的言行舉止也變得相當得心應手了嘛。」

「……有時候術式也會故意取不同的名稱，以免其他魔術師發現。不過，就算是這種情況，也會在一定程度上用相似的感覺命名，防止象徵性降低。」

我忍不住愉悅地注視著兄長找藉口似的喃唸，希望各位見諒。相反的，我就別追問他捅出這麼大婁子的理由吧。

「話雖這麼說，看這片景色，說不定沒必要抱持那樣的懷疑。」

「嗯？什麼意思？」

我的反問讓兄長皺起細眉，彷彿在說「我還真有個不成材的弟子」。

「嗯。怎樣怎樣？不必露出這種表情吧。既然有什麼在意的地方，告訴可愛的妹妹也無妨吧。」

「別隨便切換妹妹與學生的立場——總之，妳從這裡看那兩座塔。」

「嗯嗯？」

我依言回頭望向塔。

和來時一樣，奇異地傾斜的兩座建築物看起來像是蟻獅，也像極東的鬼頭(Ogre)上的尖角。只是從這個方向看去，傾斜的太陽也恰巧進入視野內，伴隨著刺眼光芒往這邊延伸出長長的影子。

（……嗯？影子？）

注意到這個地方，我立刻想到兄長準備說什麼。

「……啊啊！」

「……萊涅絲小姐？」

在訝異地呼喚我的格蕾面前，我不由得抱住腦袋。我究竟為什麼能漏看那種東西？唯獨這件事，我實在得贊同兄長的傻眼反應。

兄長拿開嘴邊的雪茄任煙霧升起，癱坐在岩石上說出答案。

「那是日晷和月晷。如此光明正大地展示出來，反倒難以察覺就是了。」

「啊。」

格蕾聽到後也大大地點頭。

陽之塔本身變成了一個極為巨大的日晷。我原本以為塔傾斜得很奇妙，沒想到有著這樣的意思。

「……那麼，月晷的意思是……」

「總之，和日晷一樣。不過，月晷只在滿月時才會發揮功能。順帶一提，兩者以正式的日月晷來說傾斜度都不足，這方面應該是靠彎曲度和作為鐘盤的土地來修正。大致上明白了嗎，女士？」

「唔嗯。的確，建造這麼大規模的裝置，不會與伊澤盧瑪的魔術——黃金公主、白銀公主無關吧。」

我垂著頭同意。

唉，這次有點丟臉。疏忽也該有個限度啊。

「那麼，你說太陽與月亮的術式不一致，也是指這個日月晷嗎？」

「對。月晷一個月只會正常作用一次，但日晷也經常發生一定的誤差。因為地球的公轉軌道——環繞太陽周圍的軌道為橢圓形，無法避免均時差。正因為如此，對於使用太陽與月亮術式的人來說，計算月亮盈虧與均時差是基礎……但是，如果他們最近導入剛才提到的祕寶，那日期怎麼樣也對不上。」

「日期？」

「重要日期有兩個。本來對太陽與月亮的術式最好的時機是正午的日食，畢竟新月與太陽都位於頂點。次佳時機則是滿月時期的正午，太陽與月亮隔著地球，形成一直線相對的衝現象。儘管在占星術上是凶兆，但利用在魔術上很方便。」

他撿起附近的樹枝，在地面上畫起圓與圖案。

這種時候也改不了當講師的習慣啊——我如此心想並看去，但對於他刻劃的圖案微微眨眼。

「是天宮圖嗎？」

亦即天體的配置圖。

即使並非魔術師，也會在雜誌的占卜專欄之類的地方看過一次吧。我的兄長俐落地劃出大致由行星與黃道十二宮構成的圖形。

「就算不是天體科（艾寧姆斯菲亞），這種程度的知識也是基礎中的基礎吧。雖然一個月之內也有衝現象的時期，但我說那是次佳時機是有原因的。衝現象本來是種凶兆，還會干涉其他行星的位置關係。太陽與月亮基本上不是相同位置就是反向位置，但行星需要一百二十度（Trine）。因為這次是關於黃金公主與白銀公主的術式，必須跟掌管造形的土星處於一百二十度的位置上

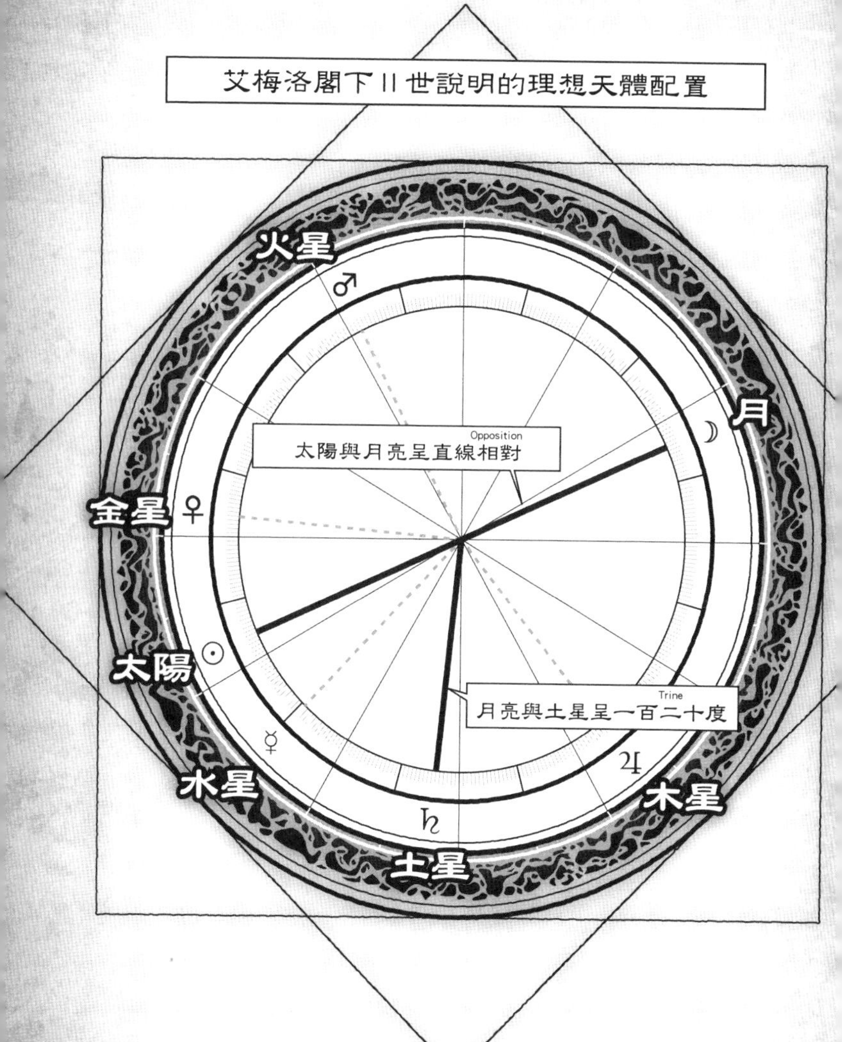
艾梅洛閣下II世說明的理想天體配置
火星
月
金星
太陽
水星
土星
木星
Opposition
太陽與月亮呈直線相對
Trine
月亮與土星呈一百二十度

——最接近的衝現象在這一點上淘汰出局了。對了，我是以古籍為基準，所以冥王星和海王星一開始就排除在外。」

他仔細地連其他行星的配置都寫上去，指著太陽與月亮，又戳戳在其一百二十度位置上的土星。

「原來如此……土星達到理想位置時，本來就不會是滿月時期的正午嗎？這麼說來，在鐘塔也教過這些內容。」

「要操縱利用星辰的魔術，這是必修項目。雖然若非太陽與月亮的組合，沒有必要在意晝夜。」

「……呼嗯～」

我思考半晌後開口：

「說到底，那個什麼祕寶未必是用在黃金公主身上吧？」

「……雖然有可能……」

兄長說到這裡時含糊其詞，戳了戳自己的太陽穴。有點不乾脆地執著於他的看法，是兄長的習性……總之他天生小氣，所以覺得放棄一度建立起來的假說很浪費。明明如此，他寫論文卻奉毀壞與建設為宗旨，真是嗜好和才能不一致的男人。

停頓一下後——

「……而且，既然蒼崎橙子在這裡，應該考慮的問題就截然不同了。」

他接著發出的嘆息更加沉重。

因為實際上她在這次案件中所占的位置，在某種意義上比真凶更加重大。我同樣陷入沉默，似乎使他察覺我的心情。

「看樣子，女士也這麼想過吧。」

「嗯，我當然知道。」

我點點頭，忿恨地說：

「你在想死亡的黃金公主是真的嗎——對吧？」

那是見到蒼崎橙子這名冠位魔術師後，一直縈繞在腦海一角不肯散去的問題。

而兄長將疑問往前進展。

「更進一步來說，是黃金公主與白銀公主——其中一方是不是人偶？這一點。」

「……咦？」

格蕾愣愣地眨眼。

她來回看著我與兄長，彷彿世界突然變成灰色般茫然地說：

「……人偶……可是，我們看見的黃金公主確實……」

「沒錯。只像是人類。不過蒼崎橙子在那裡，事情就截然不同了。」

我如此說完，豎起兩根手指。

「她在鐘塔取得的成果很多，但有兩件特別引人注目。」

對，兩件。

引人注目說起來簡單，不過在魔術師的最高峰——鐘塔裡，值得關注的研究很少見。因為基本上魔術是為過去貢獻的學問，且幾乎所有魔術師都是強烈的個人主義者，越重大的研究越會獨自包攬。所以，如果要以某個研究讓人另眼相看，也必須壓倒性地超越他們獨自包攬的研究成果。

長期待在鐘塔的魔術師，大多數除了原則和立場之外，還屬於某個派閥的理由在於這一點。儘管鐘塔大致上有最好的環境，但真正想以奧祕為目標深入研究，不請派閥開放祕藏的成果不可能做到。

不過，如果我的知識無誤，蒼崎橙子跑遍包括創造科在內的幾個教室，但最終沒有屬於哪個派閥。

儘管如此，她達成的成果——

「一件是重建魔術基盤衰退的盧恩符文。」

我一邊回想一邊彎起食指。

「盧恩符文魔術本身很有名，一部分的魔術師自古以來就加以活用與研究，不過許多內容失落已久。然而，她成功重建了大部分失落之處。如果傳言屬實，她不只在魔術意義上重現基礎的共通盧恩（Futhark）二十四符文，甚至解析了幾個在神話時代消失的原初盧恩符文。不過，聽說她把前者的權利出售給鐘塔，後者在她受到封印指定時被嚴加存放起來。」

這是鐘塔常做的事。

對於相對方便與低階的術式，作為魔術專利設為特權，真正高階的——足以與一個派閥的奧祕媲美的東西，則用當成禁咒管理的藉口收進藏寶庫。不知道那些遭到這種管理的知識到底有沒有送達誰手中的一天。另外，據說圖勒協會也收藏了符文原型，但也同樣是保持封藏，甚至沒注意到魔術基盤衰退，魔術師熱愛隱匿的程度叫人傻眼。

「另一件，是身為卓越的人偶師。」

我彎起中指。

這時，格蕾稍稍歪了頭。

「……我記得……是仿製人體的魔術概念……？」

在自動人偶出現時，我也這樣想過。

「沒錯。儘管情況和盧恩魔術有些差異，但仿製人體的魔術概念也已經衰退了。換句話說，她在現代成功重建了兩門魔術。」

「…………」

我想用力點頭贊同格蕾的沉默。

對吧，我認為這很荒謬。勉強讓兩門衰退的魔術在現代復甦，完全像一齣喜劇。那相當於復活死者，甚至是某種冒瀆行徑。她的經歷令人想咒罵：「妳以為自己是神嗎？」

不過正因為如此，才配得上冠位。

超越實質的最高位——色位的鐘塔頂點。

此時，格蕾終於發現似的抬起頭。

「那麼，那個自動人偶也是！」

「一般來想，那大概是蒼崎橙子的作品，但是……」

我感覺話說到後頭含糊起來。

我對於這一點沒什麼自信。的確，沒有其他魔術師能創造出那麼精湛的自動人偶。甚至放眼整座鐘塔，除了那位蒼崎橙子以外……有沒有一兩個人做得到都很難說。

不過若是這樣，她會把那種自動人偶用在魔術師之間的犯罪上嗎？那等於是掛上「凶手是蒼崎橙子」的名牌。那名女子會做出那麼愚蠢的舉動嗎？或者說，她準備了即使曝光也能進一步讓我們中招的陷阱？

原本從情況來看，現在也不是追查真凶的時候。雖然如果只是想將巴露忒梅蘿派的我逼入絕境，說不定會使用這種手法……

「……關於那一點，還有另外幾個方法。」

在旁邊聽著的兄長插嘴。

「例如買下魔術概念衰退前的自動人偶，改裝成現代風格也可以吧。這和製作贋品時，將作品做舊，符合時代的相反方法論。」

「……喔，原來如此。」

我不禁認同。

談到這種構想的轉換，說話特別俐落很符合兄長的風格。

風聲響起。有些不祥的呼嘯聲聽起來也像在嘲笑說「這樁案件的祕密只有我才知道」。

「……那個推理的意思是，死亡的黃金公主是蒼崎橙子製作的人偶，黃金公主或許還活著嗎？」

「嗯，是這樣沒錯。」

「那麼，凶手的目的是什麼？」

聽到格蕾樸實的問題，兄長抵著下巴沉思。

「……我也考慮過伊澤盧瑪從一開始就打算讓我們中計，但那麼做的回報與風險太不平衡了。拉攏艾梅洛（我們）有利的前提，是只需花費最低限度的成本。這樣有些太花費心思了。是我們的過失就算了，明顯設下陷阱拉攏我們的話，巴露忒梅蘿可不會保持沉默。」

「……對。」

我也點點頭。

「如果想在鐘塔掀起戰爭另當別論，但按照現狀，特蘭貝利奧派和巴露忒梅蘿派沒有那麼壓倒性的差距。結果會發展成無人獲益，陷入泥淖的戰爭吧。不過，聖堂教會那些組織或許會非常高興就是了。」

主張撲滅神祕的聖堂教會與主張隱匿神祕的魔術協會，基本上是水火不容。嗯，姑且算是敬拜天主的團體，不可能跟以魔術為初衷的組織和諧相處。

照兄長的說法，許多西方魔術都是以天主的存在為前提，不過簡單來說，那是把天主當成「手段」利用，看在從根本上「信仰」天主的人眼中只會更加憤怒。

「…………」

話題到此處結束，沉默降臨半晌。

「對了。」

我突然想起什麼，從懷中拿出手帕。

正確地說，是手帕包住的東西。

「兄長，可以看看這個粉末嗎？」

這是我在黃金公主的死亡現場收集的粉末。雖然知道粉末帶著某種魔力，但我沒辦法繼續深入調查。

「呼嗯……等一下。」

兄長從手中的小皮包裡拿出放大鏡。

那模樣與其說試煉金術師——更像大約一百年前警察做鑑識的樣子，兄長不管怎麼樣都很適合這種打扮。他是實在不適合當鐘塔魔術師的類型。

「……這是灰燼嗎？」

「我也一樣這麼想，但除此之外完全不清楚。」

兄長根本沒注意到我聳肩。

他著迷似的注視著灰燼好一會兒。透過放大鏡凝視一會兒，又拿開放大鏡直接瞪著看，最後竟然掂起一些灰燼送入口中。

「等！兄長啊，你瘋了嗎！」

「…………」

他在口腔內動了動舌頭，然後吐在手上。

兄長觀察黏在掌心的附著物好一陣子，輕聲低喃：

「……嗯，這下子有頭緒了。」

「哦？我還以為你想起了前世當畜牲的記憶呢。」

「前世真是非常東方主義的想法……不過，是佩羅？巴西耳？還是打算像米羅的維納斯一樣追溯到希臘……？」

兄長低著頭喃喃自語了一會兒。

他專注得讓我懷疑他是否看不見我們。

「……喂，兄長？」

3

那間工房位於月之塔頂樓。

許多魔術師將工房設置在地下或頂樓，差異在於從地脈得到「力量」，還是從天空得到「力量」。這個島國（英國）因為有點特殊的情況，在傳統上地脈很強，鐘塔也在地下設置了許多工房，但伊澤盧瑪是個例外。

工房內擺滿了大量書籍、試管、蒸餾器與哲學家之卵（燒瓶）。符合創造科派閥風格之處，是在這些東西中還穿插著美麗的繪畫和雕像。從放在房間角落的畫布與沾染上的松節油氣味判斷，工房的主人——拜隆卿或許也會親自作畫。

氣味難聞的煙霧在那片空間中飄盪。

是海泡石菸斗（Meerschaum）。

雖然他在別人面前幾乎不抽，但往海泡石菸斗塞進切好的菸草，讓煙霧冉冉升起的片刻時光，對他來說十分寶貴。

不過唯獨今天，連那股香氣也無法撫慰他的心。

「你所做的是在人體內側導入行星運行的行為。」

拜隆想起那句話。

那名男子到底有多接近真相？的確，他為了得到周遭的眾人認同，沒有怎麼隱蔽黃金公主、白銀公主的術式，不過這是頭一回有人剛見面就直指核心。

當然，他在那裡說出的內容不過只是概要。事到如今也無須吝惜作為發想的一點主意，就算以此為契機深入了解一些，也不可能抵達自己等人的領域。

然而——

然而，那名男子有某種特質讓他這樣猶疑。如果就那樣置之不理，那名男子會深入逼近至什麼程度？還有，他的解析被巴爾耶雷塔閣下和冠位蒼崎橙子等「有可能實踐的天才」聽到的話，會重現到什麼程度？

「……唔……可惡。」

拜隆咬緊牙關，用力咬住菸斗的煙嘴。

他心懷畏懼，害怕自己家族數百年的積累遭到踐踏。單看歷史的話，明明比艾梅洛原先的本家——亞奇伯更悠久，伊澤盧瑪家卻無論如何都沒辦法超越一定程度，更加邁進。早早設定了「在人身重現至高之美」的道路，作為魔術師卻長久以來停滯不前。

但在自己這一代，這次的黃金公主、白銀公主終於接近了那個理想。

（……還差一點。）

還差一點，就會觸及。

就連巴爾耶雷塔閣下不也對這次的初次露面宴會讚不絕口嗎？對，連突然從極東出現篡奪冠位的黃毛丫頭，也無法忽視如今的他。

正因為如此，拜隆苦苦掙扎至今。用盡想得到的所有手段，甚至對那個黃毛丫頭低頭，試圖走完剩下的幾步。

「明明如此，所有人卻都……」

當他再度咬牙咬緊菸斗時——

「——拜隆卿。」

有人呼喚他的名字。

「喔，你們來了。」

拜隆回頭看向工房入口，看見兩名男子和女僕的身影。

伊斯洛．賽布奈。

邁歐．布里希桑．克萊涅爾斯。

以及雷吉娜。

「只要有白銀公主——艾絲特拉在，失去黃金公主就不是絕對性的失敗。」

拜隆緩緩對他們說。

實際上是如此。雖然案件造成巨大的衝擊，但還足以挽救。伊澤盧瑪的血統創造的黃金公主與白銀公主，也具有互為備用品的意義。即使失去其中一方，也不代表著衰退。

叼著菸斗的壯漢目光先投向一頭編髮的魔術師。

「不過，你的禮服怎麼說？」

「……我的……禮服很完美……」

伊斯洛低著頭回答。

那修長的手指上繞著同樣細長的針與線。

西方存在著許多關於紡織的女巫與女神傳說。睡美人遭女巫詛咒，會因為紡錘刺破手指而死；希臘神話也有紡織、丈量、剪斷命運之線的三女神(Moirai)。

他製作的禮服就基於這些古老的傳說。

然後，拜隆望向另一名魔術師。

「你的藥怎麼說？」

「我、我、好痛！」

也許是慌張得咬到舌頭，邁歐捂住嘴巴後重新開口：

「我的藥也……很完美。像蒂雅德拉小姐一樣，請讓我協助艾絲特拉小姐成為稱職的白銀公主。」

這兩個人對黃金公主、白銀公主來說是不可或缺的魔術師。

正因為如此，儘管他們屬於別的派閥，拜隆仍頻繁地找他們來工房。他們的血統跨過派閥隔閡，自古以來都贊同伊澤盧瑪的目的——「創造具有至高之美的人類」。

「即使少了卡莉娜，整裝也沒有問題吧。」

「……我是這麼認為。」

雷吉娜低下頭。

沉默降臨在摻雜霉味的空氣半晌。

「很好。」

拜隆用拐杖拄地，敲擊聲在工房內隆隆迴響。

「我不知道那個以偵探自居的君主會做出什麼結論，但那與我們無關。我們唯有肅穆地追求美。依情況而定，向艾梅洛問罪。雖然他們在上一代死後資產已被徹底侵占，但現在還有其他利益可圖吧。」

說到艾梅洛教室，那對新世代是希望之星。就算積累的權利無法立刻變現，對自己等人這般古老的家系應該有用途。儘管非常脆弱，艾梅洛好歹也統治著現代魔術科，看在不屬於十二家的人眼中，這顆果實豐碩得不可估量。

從體內深處高漲的野心驅使著他。

甚至連女兒的死，也無法化為障礙，阻止現在的他。對，黃金公主和白銀公主本來都不是魔術師，只不過是實驗材料。他必須再製造一個繼承自己魔術刻印的新兒子，但總有辦法解決的。

「——請問，拜隆卿。」

邁歐插嘴。

「沒有尋找凶手的必要嗎？」

這對他來說是當然的問題。

即使有白銀公主這個備用品，案件也可以當成利用艾梅洛的契機，也不能放任殺害黃金公主的凶手不管。再說，案件沒有解決，他們也不知何時會遇害。

戰鬥能力優秀的魔術師或許會認為丟了性命也是自己的錯，並以此作結，但邁歐和伊斯洛都不是。他們或許各有殺手鐗，卻不是跟別人交手時抱持著絕對自信的類型。那一點和之前聚集在剝離城阿德拉的人們大不相同。

「也就是說，你是想說那個叫萊涅絲的女孩不是真凶？」

「……不、不，我不是這個意思……」

邁歐語無倫次地說。可是與生俱來的軟弱讓他怎麼樣也說不下去。

「你們不必在意。」

「但是……」

「我說不必在意。」

邁歐想堅持，但話音未落就被拜隆駁回。

「……是。」

他深深地低下頭，帶著與其他兩人離開了工房。

目送他們離去後，拜隆瞪著門扉低喃：

「……不過，可能還有一個陰謀。」

＊

蒼崎橙子的研究室設置在月之塔。

橙子和其他客人一樣被安排住在陽之塔，但唯獨她另有研究室，是因為她在社交聚會前就是這裡的客人。對方有時會提出請求，她會隨意地給予一些關於魔術的建議，在性質上或許接近食客。

也許是因為待了很久，房間也充分地反映出她的喜好。陳舊的地球儀與亂糟糟堆疊的文具、庸俗的八卦週刊與哲學書籍及魔術書的大雜燴，還有大量幾乎分不清跟破銅爛鐵有何差別的發條與白鐵皮玩具混在一起，多半也是這個緣故。

此刻她坐在桌前，桌上擺著顯然是陳年舊物的膠卷放映機。

「伊澤盧瑪保存得果然不錯。約一百年左右的東西因為從作為古董的價值來看年分很微妙，所以明明大多都年久失修。」

橙子陶醉地仔細端詳著放映機低語。

以她的情況來說，魔術上的因素當然也是重點，但她反倒更重視該物品沾染上的時間。因為就像經過多次轉手的寶石沾上各種意念，更容易進行魔術加工一樣，古老的道具也接觸過各種人物的感情，悄悄地培育出神祕之芽。雖然絕大多數都以潛伏狀態告終，但對於極少數開花結果之物，在她誕生的國度稱為付喪神等等。

「至今你放映過什麼？從今以後想放映什麼呢？我上次製作的孩子因為不管怎麼做都有缺陷，就丟在禮園女子學院了。」

她對放映機說話。

一雙瞇細的眼睛與撫摸轉盤的手指，像在試圖直接解讀刻劃在放映機上的歷史。

手沒有停下──

「──對了對了，你最好快點出來。」

她拋出這句話。

室內只看得到橙子一個人。她被私有物品掩埋的身影在這個寬敞房間裡反倒很顯眼。

可是──

房門旁出現了某個人影。

「──怎麼，是你啊。沒想到事到如今你會過來。」

橙子摘下眼鏡說。

對她而言，這副眼鏡是切換對外界應對態度的開關。

她認為當觀點改變，應對方式當然也會改變。畢竟對一個人而言的世界，到頭來只限於自己能夠認知的範圍。

反過來說，認知到原子或宇宙之類的世界時，對人類而言的世界確實變寬廣了。當然，寬廣與幸福與否是兩回事。從三坪小房子搬進豪華的宅邸未必會得到幸福，是放眼世界共通的事。

「你說你不是凶手？嗯，那種事無關緊要。我對找出案件的凶手並不感興趣。聚集在這裡的大多數人都是這樣吧？」

在那個程度上，大家都是魔術師（沒有人性）吧——橙子說道。

這和萊涅絲的想法幾乎一樣。

儘管稱為案件，這次殺人的焦點絕非放在搜查真凶這一點上。核心是魔術師之間的派閥鬥爭與代理戰爭。殺害黃金公主與她女僕的凶手，只不過是那場鬥爭中的一張牌。雖然是張十分重要的牌，但只要沒有決定性的證據也就僅止於此。

最有意義的是，以這樁案件為契機會掀起什麼樣的漣漪。

現狀下，巴露忒梅蘿率領的貴族主義與特蘭貝利奧率領的民主主義勢均力敵。

但是，艾梅洛若是因此垮台，天秤將確實地往特蘭貝利奧傾斜。考慮到艾梅洛的規模，這絕非致命一擊，卻足以對鐘塔造成衝擊。漣漪會引起新的漣漪，視情況而定甚至可能會招致魔術師之間的戰爭。

從冷戰轉向熱戰。

當然，巴琉耶雷塔閣下與拜隆卿都十分清楚這件事。他們之所以認同艾梅洛閣下II世的介入，到頭來也是因為他的地位比萊涅絲大。就算是名義上，若能直接向冠上君主之名的他究責，得到的好處可以擴大數倍。

比方說，甚至有可能推動艾梅洛叛離特蘭貝利奧派。

「依諾萊老師似乎非常迷戀他——唉，這夥魔術師真是一點也沒變。」

橙子悄然低語。

若是認識從前的她的人——例如依諾萊聽到這番話，說不定會對其中的一絲異樣感皺起眉頭。

照那種說法來看，好像她直到最近都長期接觸非魔術師（沒有人性）的價值觀。

「所以，怎麼樣？『他』的到來讓你嚇得發抖嗎？那個人作為魔術師的確很平庸，卻是一流的研究者……在加上，唯獨在看透他人的魔術這件事上，也許稱得上超級傑出。」

人影回應了幾句話。

「哦？真是豁出去了呢。」

橙子意外地回過頭。

因為人影提出的內容和條件，對她來說出乎意料。

「嗯，不必說明緣由，那筆酬勞夠多了。」

橙子非常輕鬆地點點頭。

之後——

「既然你開出那個條件，我就與他——艾梅洛閣下II世為敵吧。」

*

白天仍舊昏暗的森林陰影處。

這裡是距離案發現場有段距離，在陽之塔東側的一片森林。

鬱鬱蒼蒼的茂密樹葉遮蔽陽光，沙啞的聲音在那片黑暗內響起。

「怎麼辦？你聽見艾梅洛II世的口氣了吧。事情等於暴露了一半。照這個情況，可不知道明天會怎麼發展。」

老婦人靠在一棵樹旁，極為愉快地問。

是巴爾耶雷塔閣下。

「知道凶手是誰又有什麼用？」

回答從另一個黑暗角落響起。

「我跟妳都不是為了追查凶手相爭。在這個地方，什麼正確的推理只是派閥鬥爭可用的一張牌罷了。」

「牌可能也有自己的心情啊。」

呼呼呼，老婦人壓抑著笑聲。

「那麼，要叫『那個』來嗎？」

「要啊。跟妳的合作也敲定了——」

他續道。

他輕摸了摸剃得很短的頭髮說：

「——畢竟『那個』是我的客戶。」

自稱間諜的魔術師——米克．葛拉吉利耶得意地笑著。

4

在那之後經過了幾個小時。

太陽也大幅西下，陽之塔投下的影子相對的描繪出弧形。

很遺憾的是，結果不怎麼好。因為兄長將筆記本放在手邊，多次用鋼筆列舉出推論與假說後又打上大大的「╳」符號刪除，不斷發出呻吟。

「將太陽比喻成赫利奧斯的術式也不行。相反地，就算將月亮替換成塞勒涅或南娜，賦予聖獸屬性也難以改變根本。陽之塔和月之塔作為因子太龐大，賣弄小聰明的技巧簡直沒有意義。」

「……老師？」

「不行，太陽與月亮果然湊不齊……真的和那個祕寶無關嗎？」

兄長吐露出實話。他的表情沒用極了，讓人想懷疑他和上午瀟灑地闖進來，與三大貴族之一對峙的男子是不是同一個人。

「喂喂，兄長。你還拘泥在那一點嗎？再這樣下去，趕得上拜隆卿訂下的時限嗎？」

說到底，就算查明了案件，那也只不過是一張牌罷了。要洗刷我的嫌疑並釋放被束縛住的托利姆瑪鎢，需要更強的一擊。正因為如此，拜隆卿才會設下時限，允許我們行動。

在這種階段受挫，要翻盤根本免談。

「嗯。不，這方面也是在等待時順便想想……」

「等待？」

「嗯……」

兄長含糊其詞。爬過潮濕地面的話聲中包含極其陰鬱的成分。這是在兄長抱有非常私人的麻煩時會出現的聲調。

但是，當他的目光在地面上游移時微微皺起眉頭。

「啊。」

我的眼睛也感到一絲疼痛。

實際上，我立刻發覺對方的真面目。

有段不遠處的樹木上延伸出影子。就算接近傍晚，那道影子的角度與陽之塔落下的影子明顯不同，長度又長得不自然。不只如此，明明是落在沙沙搖動的草叢上，卻只有那道影子文風不動。

「…………」

兄長沉默地拿起嘴邊的雪茄。

他小聲地低喃咒語，雪茄前端的火星膨脹。火焰射向那個極不自然的影子和草叢——

「好燙燙燙燙燙！」

影子發出悲鳴。

金髮碧眼的少年直接跳了起來。他拚命拍熄長褲臀部上點燃的火焰，發出咿咿的慘叫，回頭看向我們。

「哇，被發現了！」

「……你是來做什麼的，費拉特？」

「我來啦，教授！用日語就是夜露死苦（註：日語請多關照的同音漢字，為日本飆車族常用標語）！日本的問候好有佛教風格，真是深淵又深奧啊！」

金髮少年用天真無邪的聲調越說越興奮。

剛才的影子多半是幻術吧，我記得用影子隱身應該是在德國一帶流行的魔術。雖然不知道他是在哪裡學到的，在一邊看一邊模仿，重現各種魔術這方面，這名少年非常擅長。

然後……

「——費拉特！」

從道路方向傳來的叱責聲迴盪著。

另一名少年正奔跑過來，吊起形狀漂亮的眼角，向費拉特發出抗議的大喊。

「我明明叫你先過來轉告我會晚點到的！」

「哇，狗狗！」

「就說了別叫我狗！啊，老師，讓你久等了！」

他和費拉特同樣是金髮碧眼，但樣貌精悍端正，在某種意義上形成明顯的對比，可說是像獵犬。敏銳的眼神中流露出受到嚴謹控制的野性，俐落鞠躬的動作也很精湛。

史賓．格拉修葉特——現代魔術科中資歷最深的在學生，和費拉特．埃斯卡爾德斯並稱雙璧的最優秀學生。

……然而，那也在一瞬間崩盤。

「格蕾妹妹！」

看到我身旁少女的瞬間，史賓揚聲大喊。

看到猛然一顫的格蕾，金髮的犬系美少年飛撲過去，開始將鼻子貼上去吸嗅起來。

「啊啊格蕾妹妹格蕾妹妹格蕾妹妹！一如往常甘甜灰色的四方形，彷彿抓撓著身體內部的氣味！」

「……請、請你住手！」

史賓似乎連格蕾的抗議都沒聽見，當他正要享受氣味時，一道聲音對他說：

「史賓。」

「……是、是！」

兄長冰冷的聲音讓史賓直立不動地敬禮。

「非、非常抱歉，許久沒走進格蕾妹妹的半徑二十公尺之內，理性不小心蒸發了。」

「你們……」

兄長一手摀著臉，發出在這次案件中最深沉的嘆息。

我也忽然察覺一件事，回過頭來。

「對了，你不是說禁止使喚學生嗎？」

「這是讓他們自主行動的結果。他們發現我在鐘塔個人房間裡做準備……不過，我告訴過你們把調查結果寄來就好，不要來當地吧。」

「可是教授！小萊涅絲碰到麻煩了吧！那麼有趣的事情怎麼能置之不理！」

……這傢伙剛才說了有趣吧？好，宰了他。讓他幫忙後宰了他。

「我必須監視費拉特。」

相對的，史賓說出優等生般的模範答案。

嗯，忘掉他剛才對格蕾的各種舉動吧。雖然她還害怕地抓著我的背部。

一點緊張感都沒有。

可是反過來說，這正是一如往常的時光。在關係稱不上友善的魔術師土地上被嫁禍殺人罪，托利姆瑪鎢也被人奪走，最後還對我們設下破案時限。縱然如此，我卻不可思議地得以保持一如往常的步調。

我不疑惑這是為什麼。

因為那大概正是兄長花費多年在鐘塔積蓄的「力量」。我不知道是誰教導他的，但那是如此像魔術師的兄長——太過不像魔術師的生存方式。雖然如果我這麼說，兄長說不定會說「魔術師本來很愛惜弟子」之類的藉口吧。

等大家平靜下來以後，兄長突然對史賓說：

「委託你進行的調查結果呢？」

「在這裡。」

史賓又偷瞄著格蕾，遞上一張紙。

「……原來如此。」

兄長也看著那張紙條點點頭。

「怎麼了？這是能翻盤的祕計嗎？」

「對，雖然還欠缺各種碎片（Piece），但只得倉促行事了。」

兄長戳戳太陽穴，緩緩地站起身。

漆黑的大衣飄揚。

他任紅色圍巾飄動，率領弟子們光明正大地邁步前進。

「來。先進行出陣準備吧。」

5

——舞台暫時轉移。

在離雙貌塔一段距離之外，溫特米爾車站近郊的某間旅館套房內。

有人在豪華的房間裡拿起最新機種的手機。

不過，拿著手機的並非持有者本人。身為主人的青年讓佩帶著好幾顆寶石，服裝暴露的侍女拿著手機，慵懶地說話。

「那麼，沒有問題吧，巴爾耶雷塔閣下？」

那一是名褐色皮膚的青年。

一頭金髮長至胸口，頸項上戴著美麗的金環。

「是的，沒錯——這次的介入妳完全不要插手干涉。」

留下供對方答覆的時間後，褐色肌膚的青年催促侍女掛斷電話。

然後——

「……很好。」

他悄悄地握緊拳頭。

對他來說，唯一值得畏懼的對手是這位巴爾耶雷塔閣下。其他的阿貓阿狗要怎麼處理都可以，不過唯獨對三大貴族之一他不得不讓步。就算是除了古老以外別無長處的老不死，歲月在魔術上很有用。

但是，現在那個障礙也掃除了。在雙貌塔裡已經沒有應該畏懼的對象，也沒有必要參與無聊的殺人案，從正面蹂躪篡奪就夠了。

「那麼，去收成果實吧。畢竟獲勝需要手段，就讓伊澤盧瑪後悔不肯答應交涉吧。」

青年環顧周遭的侍女們，優雅地笑了。

一名特別美麗的女子在他的耳畔低喃：

「那麼，少爺要親自前往？」

「沒錯。我只要動手就會做得很徹底，再說也需要做準備吧？我無意重蹈覆轍，像艾梅洛閣下一樣抱著遊戲心態參加。」

青年勾起嘴角，自負地告訴她：

「我亞托拉姆・葛列斯塔不會。」

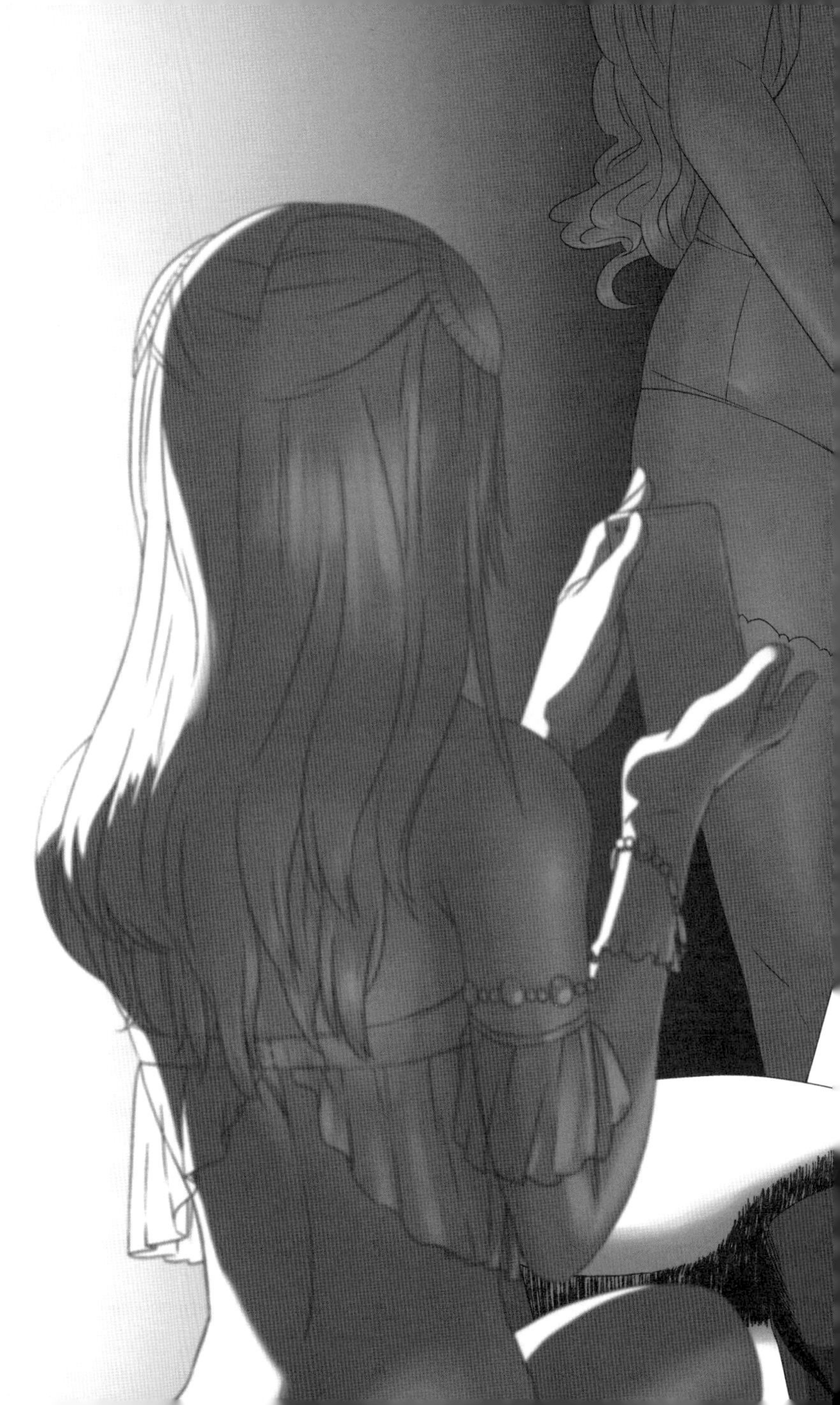

後記

三田誠

——那是絕對之美。

不曾受任何人侵蝕，也不曾受任何人威脅。

位於人類無法觸及的高處，卻是唯有人類才想像得出的概念。

小說的優點之一，是能若無其事地寫出「連繪畫也無法描繪的美」之類的描述。文章可以隨意地只提到原本不可能存於現實的精髓，簡直就像魔術一樣。正因為如此，我認為這個題材與《艾梅洛閣下II世事件簿》很相稱。這齣雙貌公主的魔術推理劇，還請大家下集也繼續閱讀。

那麼，出書進度突然提前，打破了第一集後記「我目前的構想是一年寫一本」的說法。之所以會這樣，也是在新年初時關於第二集的商談結果，讓我試著重現當時的對話。

「對了，三田先生，下一本事件簿能在夏天出版嗎？」

「呃，奈須先生？我不是寫說要一年寫一本嗎？」

「我相信誠。」

「奈、奈須先生？我夏天還有《Chaos Dragon赤龍戰役》的動畫要忙……」

「我相信誠。」

「……下一集……感覺會比第一集更厚……如果分成上下兩冊，出上集……」

本書就像這樣決定稍微提早公開，也有讀者對新登場的角色感到吃驚吧。

每次寫到他們與鐘塔的祕密部分，我寫作時都抱著非比尋常的緊張感。但願能和艾梅洛閣下II世一起，將TYPE-MOON創造出來的豐饒世界描繪得充滿魅力。

最後，面對極度亂來的題材與提前的趕稿戰場，也陪伴我作業的坂本みねぢ老師、一如往常接手困難的魔術考證的三輪清宗先生、協助修改費拉特等角色台詞的成田良悟先生，還有包含奈須きのこ先生的TYPE-MOON工作人員們，我在此致上謝意。

下集預定在冬天與各位見面。（註：此指2015年）

二〇一五年七月

記於閱讀菊地秀行著《雙貌鬼》時

戰鬥員派遣中！ 1 待續

Kadokawa Fantastic Novels

作者：暁なつめ　插畫：カカオ・ランタン

「一個世界不需要兩個邪惡組織！」
操起現代武器，開始進軍新世界！

眼見征服世界的目標即將實現，為了擴大版圖，「祕密結社如月」將戰鬥員六號作為先遣部隊派遣至新侵略地，但他的各種行動都讓幹部們傷透腦筋，更強烈主張自己應該加薪。然而，他接著卻傳回了號稱魔王軍的同業，即將消滅看似人類的種族的消息——

NT$250/HK$82

境域的偉大祕法 1~3（完）

Kadokawa Fantastic Novels

作者：繪戶太郎　插畫：パルプピロシ

怜生擊退「縫補公爵」雷歐．法蘭肯斯坦，
但聯盟趁機正式啟動建立妖精人國度的計畫——

在之前的騷動之中，一群人造人少女——伊蘿哈、妮依娜、莎庫雅——逃走了，她們為了實現自己的夢想，決定向「緋紅龍王」宣戰！不僅如此，就連理應不存在於這個世上的人物，也出現在怜生面前……激烈過度的魔王狂宴，再次交換誓言的第三幕上演！

各 **NT$220~250/HK$68~75**

國家圖書館出版品預行編目資料

艾梅洛閣下II世事件簿 / 三田誠原作 ; K.K.譯. -- 初版. -- 臺北市 : 臺灣角川, 2018.08-
冊 ; 公分
譯自 : ロード・エルメロイII世の事件簿
ISBN 978-957-564-361-4(第1冊 : 平裝). --
ISBN 978-957-564-692-9(第2冊 : 平裝)

861.57 107009583

Kadokawa
Fantastic
Novels

艾梅洛閣下II世事件簿 2

（原著名：ロード・エルメロイII世の事件簿 2）

2019年1月19日 初版第1刷發行
2019年7月2日 初版第2刷發行

原　作：三田誠
插　畫：坂本みねぢ
譯　者：K.K.

發行人：岩崎剛人
總經理：楊淑媄
資深總監：許嘉鴻
總編輯：蔡佩芬
編　輯：陳凱筠
美術設計：宋芳茹
印　務：李明修（主任）、黎宇凡、張凱棋

發行所：台灣角川股份有限公司
地　址：105台北市光復北路11巷44號5樓
電　話：（02）2747-2433
傳　真：（02）2747-2558
網　址：http://www.kadokawa.com.tw
劃撥帳戶：台灣角川股份有限公司
劃撥帳號：19487412
法律顧問：有澤法律事務所
製　版：尚騰印刷事業有限公司
ISBN：978-957-564-692-9

LORD EL-MELLOI II CASE FILES Volume 2

First published in Japan in 2015 by KADOKAWA CORPORATION, Tokyo.
Complex Chinese translation rights arranged with KADOKAWA CORPORATION, Tokyo.